Hrsg. Chiemgau-Autoren e.V.

Trotz. Kollaps. Schreiben.

Eine Geschichtenkette

Trotz. Kollaps. Schreiben.

Eine Geschichtenkette

Von Chiemgau Autoren e.V.

Impressum:

© 2019 Chiemgau-Autoren e.V.

Covergestaltung: Annemarie Singer

Herstellung und Verlag: BoD – Books on Demand GmbH, Norderstedt.

ISBN: 9783750411845

Printed in Germany.

Bibliografische Information der Deutschen Nationalbibliothek: Die Deutsche Nationalbibliothek verzeichnet diese Publikation in der Deutschen Nationalbibliografie; detaillierte bibliografische Daten sind im Internet über http://dnb.dnb.de abrufbar.

Inhaltsverzeichnis

Vorwort

Trotz. Kollaps. Schreiben.

Eine Geschichtenkette

Hrsg. Chiemgau Autoren e.V.

Vorwort

Liebe Leserin, lieber Leser,

Sie halten heute die erste Anthologie des Vereins „Chiemgau-Autoren e.V." in den Händen, die ich Ihnen als Vereinsvorsitzende mit großem Stolz präsentieren darf. Im Rahmen der „Chiemgauer Kulturtage 2018" haben 19 Mitglieder unseres Vereins ehrenamtlich an einer Geschichtenkette zum Thema „Trotz. Kollaps. Schreiben." gearbeitet. Geschichtenkette bedeutet, dass jede Geschichte an den letzten Satz des vorangegangenen Textes anschließt, ohne dass die Geschichte im Gesamten den Schreibenden im Schaffensprozess bekannt war. Und so war der Auftrag an die Autorinnen und Autoren ein zweifacher: Texte zu Papier zu bringen, die das Thema „Kollaps" in den unterschiedlichen Facetten – gerne auch trotzig – behandeln, und sich außerdem den ersten Satz von einer anderen Person vorgeben zu lassen. Das Geheimnis der Geschichtenkette wurde an drei Abendveranstaltungen in Traunstein, Trostberg und Grassau vor großem Publikum mit musikalischer Untermalung gelüftet. Ergänzend zu den Geschichten hatten sich einzelne Mitglieder des Traunsteiner Kunstvereins bereit erklärt, Bilder passend zu den Texten zu malen. Diese wurden bei den Veranstaltungen gezeigt und bereicherten die Präsentation.

Der Begriff „Kollaps" kommt aus dem Lateinischen und bedeutet „zusammenbrechen" oder „zusammensinken". Ich verstehe den Begriff nicht nur in gesundheitlicher Hinsicht, sondern mit Blick auf manche Entwicklungen in unserer Gesellschaft. Ob Klimakollaps, dem wir uns global in rasanter Geschwindigkeit nähern, Verkehrskollaps, dem sich viele Pendler jeden Morgen auf dem Weg nach München oder Salzburg ausgesetzt sehen, Kollaps der Meere durch Überfischung und Plastikmüll, Kollaps als Burnout, ausgelöst durch Stress in unserer Leistungsgesellschaft, wirtschaftlicher Kollaps, Finanzkollaps, ebenso wie der ganz persönliche Alltags- oder Ehe-Kollaps. Ein sehr aktuelles Thema mit vielen Facetten. Doch der Zusammenbruch oder das Zusammensinken lässt auch einen Hauch von Hoffnung mitschwingen, dass ein Neuanfang möglich ist, wie es in Hermann Hesses berühmten Gedicht „Jedem Anfang wohnt ein Zauber inne" mitklingt. Das Spiel aus den drei Begriffen „Trotz. Kollaps. Schreiben" eröffnet neue Deutungsmöglichkeiten und Perspektiven. „Kollaps. Trotz. Schreiben" oder „Schreiben. Trotz. Kollaps"? Dass im Kollaps auch Lebensfreude und Witz mitschwingen können, haben die Autorinnen und Autoren in manch einer Geschichte unter Beweis gestellt.

Ich wünsche Ihnen im Namen des Vereins „Chiemgau-Autoren e.V." bei der Lektüre der Geschichtenkette Spannung, neue Erkenntnisse und Hoffnungsfunken!

Meike K.-Fehrmann (Vorsitzende „Chiemgau-Autoren e.V.")

Traunstein, im Sommer 2019

1

Reinhard Hauswirth

Er war wer. Wer er war? Jedenfalls war er wer, zumindest glaubte er, wer zu sein. Er, der damals von heute auf morgen für ein Jahr den vakanten Vizechefposten der Auslandsrepräsentanz seiner Firma im Callao übernommen hatte, ganz freiwillig. Warum gerade er? Wer denn sonst, wenn nicht er? Dort hatte er auch manch spanisches Zauberwort gelernt, vor allem eines hatte er sich nachhaltig eingeprägt: Mañana! Mañana? Ja, mañana! Morgen, jedenfalls nicht heute und schon gleich gar nicht jetzt! Und morgen? Wieder mañana! Morgen, jedenfalls nicht heute und schon gleich gar nicht jetzt! Vielleicht auch nie, jedenfalls mañana! Dies fiel ihm immer dann ein, wenn er sich einen Vorteil davon versprach.

Er kam vom Automobilclubabend nach Hause. Sie lag bereits im heimeligen Doppelbett, wärmte es für ihn fürsorglich vor. Ob ihm ihre raffinierten neuen Spitzendessous auffallen würden? Nichts als zärtlich sein miteinander, hautnah sich spüren, menschliche Wärme geben und nehmen, sich liebhaben. Sie neigte sich erwartungsvoll zu ihm hinüber, doch er zeigte ihr nur die kalte Schulter. „Mañana!" Und schon glaubte sie immer deutlicher vernehmbar ein Sägewerk anlaufen zu hören ... Dann eben mañana! …

… Er kam von der Firma nach Hause. Sie lag bereits im heimeligen Doppelbett, wärmte es für ihn fürsorglich vor. Dessous? Wofür denn auch? Er nehme sie doch ohnehin nicht zur Kenntnis! Also nur kein Aufwand! Einfach unschuldig Eva spielen, natürlich pur! Nichts als zärtlich sein miteinander, hautnah sich spüren, menschliche Wärme geben und nehmen, sich liebhaben. Sie neigte sich erwartungsvoll zu ihm hinüber, doch er zeigte ihr nur die kalte Schulter. „Mañana!" 14 nervenaufreibende Stunden, dann sei der 25-Millionen-EURO-Auftrag doch noch an Land gezogen worden! Neuer Auftrag? Sie hätten doch Aufträge genug, aber nicht das Personal zum Abarbeiten, oder? Schon, aber das verstehe sie nicht. Wie könnte sie das auch. Bloß der Konkurrenz keinen Auftrag zukommen lassen! Also Urlaubspläne neu koordinieren, Arbeitstakte nachjustieren, Akkorde optimieren ... Und satte Boni winkten obendrein! Zuerst leise, darauf immer deutlicher vernehmbar gab das Sägewerk den Ton an. Dann eben mañana! …

… Er kam von der Parteiversammlung nach Hause. Sie lag schon eine Weile im heimeligen Doppelbett, wärmte es für ihn fürsorglich vor. Ob er wohl diesmal auf ihr verspieltes Rokoko-Nachthemd anspringen werde? Nichts als zärtlich sein miteinander, hautnah sich spüren, menschliche Wärme geben und nehmen, sich liebhaben. Sie neigte sich erwartungsvoll zu ihm hinüber, doch er zeigte ihr nur die kalte Schulter. „Mañana!" Poznanski übrigens könne nicht am Bezirksparteitag teilnehmen, akute Herzbeschwerden, Krankenhaus. Daher sei nun er selbst als Delegierter aufgestellt. Freiwillig gemeldet. Dort lerne er nämlich den und den

kennen. Und die kennten wieder den anderen und den ganz anderen. Viele ein-
flussreiche, mächtige Leute seien darunter. Connections eben! Man wisse nie, wie
man sie einmal gebrauchen könne. Amigos, ein weiteres Zauberwort, das er in
Callao aufgesogen hatte, aber nun kaum mehr herausbrachte! Denn auf der Stelle
sprang unüberhörbar das Sägewerk an. Dann eben mañana! ...

... Er schlich sich vom Ausbildungsabend der Freiwilligen Feuerwehr nach
Hause. So um halb elf herum. Sie lag schon länger im heimeligen Doppelbett,
wärmte es für ihn fürsorglich vor. Feuerwehr? Ob er wohl diesmal für etwas
Rotes im Bett Feuer und Flamme sein werde? Heiß auf ihren verführerisch
geschnittenen „Baywatch Girl"-Badeanzug? Könnte er jetzt noch immer über-
sehen, dass sie eine echte Frau war? Nichts als zärtlich sein miteinander, hautnah
sich spüren, menschliche Wärme geben und nehmen, sich liebhaben. Sie neigte
sich erwartungsvoll zu ihm hinüber, doch er zeigte ihr nur die kalte Schulter. „Mañana!" Ob er bei der Feuerwehr der einzige Ausbilder sei? Nein, aber der einzige
mit Durchblick! Und die Jungen, der Nachwuchs? Mit dem Kopf nicht bei der
Sache! Keine Arbeitsmoral, keine Disziplin, kein Durchhaltevermögen, sie wisse
das doch. Und gerade jetzt, wo er in die Bedienung des neuen TLF einweise. Das
könne keiner so gut wie er, er wolle denen schon zeigen, dass er noch immer
nicht zum alten Eisen gehöre, er war ja schließlich wer! Oder etwa nicht? Das
Sägewerk begann anzufahren. Dann eben mañana! ...

... Er schleppte sich vom Vorstandstreffen des Golf-Clubs nach Hause, kurz
nach Mitternacht. Sie lag bereits mehrere Stunden im heimeligen Doppelbett,

wärmte es für ihn fürsorglich vor. Nichts als zärtlich sein miteinander, hautnah sich spüren, menschliche Wärme geben und nehmen, sich liebhaben. Sie neigte sich erwartungsvoll zu ihm hinüber, doch er zeigte ihr nur die kalte Schulter. Er war geladen. Sie spürte die Spannung auf seinem Körper flirren. Ob ihn wohl ihre flauschige Skiunterwäsche, die sie diesmal im Bett trug, besänftigen könne? Zwei Leute seien nun auf sein Betreiben hin aus dem Club ausgeschlossen worden. So Neureiche, ohne Stil und Background. Da gehe es doch um Prinzip und Ansehen! Dank seiner strategisch formulierten Argumente hinausgeschoben! Alles, was recht sei! „Maña-!" Mañana? Nein? Werde im Sägewerk denn heute gestreikt?

Mit einem Schlag ging alles blitzschnell! Handy! 112! Markerschütternd jaulendes Martin-Horn, rasend schnell zuckende grelle blaue Lichtblitze! Defibrillator! Und dann stahlen sie sich klammheimlich davon. Kein Martin-Horn mehr! Keine Lichtblitze mehr, nur die Trauerbeleuchtung des Abblendlichts. Sie hatten nichts mehr zu tun.

Ob man schon wisse, wann die Aussegnung sei?

Mañana? Nein! – Am kommenden Montag! Definitiv! Endgültig!

Rien ne va plus! **Nichts geht mehr!**

2

Mick Saunter

Nichts geht mehr! Rien ne va plus – komisch, dachte Martin, dass ihm der Satz gerade jetzt wieder einfiel. Er stand am verschlossenen Fenster seines Zimmers und schaute auf die mit Schnee bedeckte Landschaft des weitläufigen Parks, der das große, alte Gebäude umgab. Alles Graue und Verwelkte des vergangenen Jahres lag gnädig unter einer weißen Decke versteckt, und im gleißendem Sonnenschein brachen die Eiskristalle darauf das Licht; wie winzige Diamanten, die eine freigiebige Hand zu Abermillionen darauf verstreut hatte.

In der Ferne sah er dass die Meute, die ihn verfolgte, die hohe Parkmauer aus roten Backsteinen überwunden hatte.
Nichts geht mehr – war es jetzt also doch soweit gekommen?
Er mochte diese Worte noch nie, weder auf Deutsch noch auf Französisch; ja, er verabscheute sie geradezu. Sie bedeuteten Einschränkung, Aufgeben, Versagen - etwas, das er nicht tolerierte. Bei anderen nicht, und bei sich schon gar nicht. Um so schmerzhafter war es für ihn als er, noch in der Schule, sein erstes Ziel zu hoch gesteckt hatte und verfehlte.

Aber, im Sport: *Das* war sein Ding! Und da war er auch immer eine Granate: Immer vorne dabei, immer führend. Und, immer seinem Vorbild hinterher – genau so erfolgreich werden!

Es reichte auch da nicht ganz, das sah er schon. Doch aufgeben? Niemals! Weiterkämpfen, jetzt erst recht. Erst eine schwere Verletzung bezwang ihn, und, gerade erst erwachsen geworden, musste er seine Leidenschaft, der er bisher alles untergeordnet hatte, aufgeben. *Nichts geht mehr*, hieß es da zum zweiten Mal in seinem jungen Leben. Er stürzte ab.

Es folgte eine Zeit, an deren Ende er keinen Pfifferling mehr für sich und seine Zukunft gegeben hätte. Der Dämon, der ihn fest im Griff hatte, brachte ihn fast so weit, dass er aufgab. Er wäre nicht der Erste gewesen: Viele bedeutende Menschen, mit deren Werken er in seinem Beruf zu tun hatte, waren im Ringen damit gescheitert.

Jedoch, und darauf war er zu Recht stolz: Er nicht. Er hatte es geschafft. Seit Jahrzehnten hielt er ihn nun schon im Zaum; wohl wissend, dass sein innerer Teufel ein Leben lang nur auf eine Schwäche von ihm wartete, um sich aus dem eisernen Griff seines Willens zu befreien und ihn erneut zu überwältigen.

Sein Blick verließ die Parklandschaft, er besah sich das Fenster: Es ließ sich nicht öffnen, und ein engmaschiges Gitter aus festem Metallgeflecht war außen angebracht.

16

Er war froh über diesen Schutz: Vor der Meute, die sich auf der anderen Seite versammelte und seinen Kopf forderte.

Damals, als er wieder in sein Leben zurückfand, hatte er ein anderes Ziel für seine Leidenschaft gefunden; und sich darauf gestürzt, was ihm sein zweites Vorbild vorgelebt hatte: Sich für Andere einzusetzen.
Er brachte sich mit all seiner Kraft ein, schonte weder sich noch andere; und: Hatte Erfolg. Schließlich wurde man auf ihn aufmerksam, und es ging weiter, es ging höher.
Endlich.
Rien ne va plus? Hah! Nicht für ihn!

Doch jetzt - jetzt schien er am Ende angekommen zu sein: Er hatte eine neue Herausforderung angenommen, hatte wieder alles gegeben was er vorweisen konnte. Aber diesmal war es zu wenig gewesen.
Dabei hätte er es damals so belassen können wie es war: Es war alles gut.
Doch der Ruf der Versuchung es wieder zu schaffen war lauter gewesen als die leise Stimme die ihn bat, endlich bei sich zu bleiben.
Als ihn der Ruf zum ersten Mal erreichte zweifelte er zunächst schon, ob er es diesmal wieder schaffen könne. Aber alle bestätigten ihn darin, priesen sein Können, seine Fähigkeiten und erhoben ihre Stimmen zu einer Lobeshymne auf ihn und seine Erfolge. Machten ihn zu ihrem Messias: Der, der ihnen den Weg

aus ihrer Unfähigkeit zeigen sollte. Und als er sie erhörte waren sie ihm, selbst blind für das, was sich endlich ändern musste, ohne zu Zögern bis zu dem Punkt gefolgt, an dem er sich jetzt befand: Vor dem Rand eines bodenlosen Abgrunds. Am Ende eines Weges - den er nur deshalb eingeschlagen hatte, weil er sich selbst aus den Augen verlor.

Nun konnte er sich und anderen wirklich nichts mehr vormachen. Jetzt, hier in diesem Zimmer, erkannte er endlich das was wirklich war.

Was, erinnerte er sich, besagte noch mal das Peter-Prinzip?

„Jedes Mitglied einer komplexen Hierarchie wird so lange befördert, bis es das Maß seiner absoluten Unfähigkeit erreicht hat."?

Ja, sagte er sich, es reicht. Jetzt.

Hier und jetzt würde es ein Ende haben.

Martin schlang die Arme in der weiten, weichen Jacke, die man ihm angezogen hatte, noch enger um sich. Die Meute würde ihn nicht erreichen können; hier war er endlich sicher vor ihr.

Und, noch mehr: Sicher vor sich.

Hinter ihm drehte sich der Schlüssel im Schloss, die Riegel schnappten mit einem Krachen zurück. Die Türe öffnete sich, jemand trat ins Zimmer.

Er hörte den ruhigen Atem des anderen, spürte, dass auf eine Reaktion von ihm gewartet wurde.

Aber - das war vorbei: Er würde nie mehr reagieren. **Dann ein Räuspern, und schließlich die Frage: „Herr Vorsitzender?"**

3

Hans-Peter Kreuzer

… dann ein Räuspern und schließlich die Frage: „Herr Vorsitzender?"
Im Nebenzimmer des Wirtshauses „Zum Ochsen" wurde es still.
Der Moosleitner Franz hatte sich zu Wort gemeldet. Von den sieben Mitgliedern des Ortsvereins zur Erhaltung der bairischen Sprache war er der Älteste. Die Anderen kannten ihn als wortkarg. Wenn er etwas sagte, horchten sie auf. Die ganze Zeit hatte er ruhig an seinem Platz gesessen, auf ein vor ihm liegendes Bierfuizl seltsame Zeichen gemalt und dabei der Fortner Maria und dem Rupp Pauli zugehört, die sich seit einer geschlagenen Viertelstunde darüber stritten, ob schon in einigen Jahrzehnten der bairische Dialekt ausgestorben sein wird.

Der Koller Girgl, der an diesem Abend die Versammlung leitete, war von der Wortmeldung des Franz überrascht und zugleich erfreut. „Ja Franz, red!" sagte er. Was würde der Franz sagen? Alle schauten zu ihm und warteten gespannt.

Der Franz blickte nachdenklich auf den vor ihm liegenden Bierdeckel. Dann hob er ihn hoch und ließ den linken Zeigefinger – er war Linkshänder – am Rand entlang einen Kreis beschreiben. „Schauts her Leit, des is unsa Welt !" Do drauf gibt's Sechsdausad verschiedne Spracha, aber gsogt werd, dass boid bloss no Zwoadausad sei kanntn, weil oiwei weniga eana Muaddasprach redn.

So weit is scho kema, dass d' UNESCO unsa boarische Sprach aufd Listn bedrohter Sprachn gsetzt hod. An Pauli sein Optimismus kon i do ned teiln.

D' Maria hod recht. Da Zeitgeist werd a uns leider ned vaschona. D' Muaddasprach is unser Gfui und wo as Gfui valor'n gäd, wo bloss no gscheid dahergredt werd, do fuid si as Lebn nimma warm o. Zletzt wern ma do in unsam Stübal sitzn und de andern wern durchs Fensta einaschaugn und sogn: „Do hockan de Letztn. Draussdn gibt's scho lang koa mehr! Draussdn is z' koild."

Mir is des mit unsra bedrohten boarischen Sprach und a des andre Zeig, über des mia uns dauand Sorgn macha miassn, scho lang durchn Kopf ganga. Und weils mi ned in Ruah lassn hod, hob i mi higsetzt und Versal drauf gschriebn. De soits jetzt vo mia hearn!"

Der Franz zog einen vollgekritzelten Zettel aus seiner Westentasche, faltete ihn auf und strich ihn auf der Tischplatte glatt. Dann las er vor:

Es lafft wos schiaf auf dera Welt / Diam homma des scho gspannt /
Do is des Gfrett mit unsra Sprach / Ja wer vastähd de no im Land? /
Gern dad i wia mei Muaddal redn / Doch oft vastähd mi koana /
Boarisch sogns is megaout / Ja is des ned zum Woana?

Es lafft wos schiaf auf dera Welt / Und olle schaugn ma zua. /
Do is de Sach mit unsam Geld / De lasst mi ned in Ruah. /
D' Gelddruckmaschin' hearst dauernd laffa / Und do is koana, der schreit: „Hoit!" /
Bei uns gibt's ois und ois konnst kaffa / Wos kannt do sei, wos uns ned gfoid? /

Wannst nochdenkst, gabads do scho gnua / wos uns kannt umtreibn – di und mi /
stell da bloß vüa, morg'n in da Fruah / Dad oana sogn: „'S Geld is jetzt hi!"

Es lafft wos schiaf rundumadum / Und olle schaugn ma zua. /
Samma debbat? Samma dumm? / Is denn boid oiss scho aus da Spur? /
Schee staad werds warm und immer wärmer / Im Oberland hoit ma des aus. /
doch oans is gwiss, mia olle werdn a wengal ärmer /
Wenn drent de andern 's Wasser eine lafft ins Haus. /
Wann 's gsalzne Wasser d' Länder überschwemmt / Und 's siasse Wasser knapper werd /
Do kemmans scharenweis zu uns her g'rennt / Dann miaß ma teiln, wos uns no ghert.

Es lafft wos schiaf auf dera Welt / Und olle schaugn ma zua. /
Für Großkonzerne da Profit nur zeijhlt / Und a d' Politiker kriagn nia ned gnua. /
Diktator'n und Staatenlenker / Mit Scheißfrisur'n auf eanam Kopf. /
Leider koane weisen Denker / Hobn an Finger aufm Knopf. /
Atomrakätn san bereit / Auf **oan** Schlog kennas d` Welt vanichtn /
Ja wos is **des** denn füra Zeit? / Ja wos san **des** für Gschichtn?

Auf de Felder, auf de Wiesen / Glyphosat im Odelbanzen /
Seng konnst, wia d' Bauern mid de Pharmariesen / ApoCalypso tanzen. /
Polareis, Tropenwälder, Mensch und Tier / Ois midanand is in Gefahr /
Doch weil bei uns regiert de Gier / Lass ma 's geh - - nehma 's ned wahr.

D' Gier und d' Dummheit san ned zum bezwinga /

Erst stirbt da Woid – dann schaugn ma bläd /
Wenn in da Fruah de Vogerl nimma singa / Dann is 's z' spät.

Und san zastört dann d' Leit und `s Land / Liegt wieda oiss in Gottes Hand.

Im Nebenzimmer des Wirtshauses „Zum Ochsen" war es so still geworden, dass der besorgte Wirt die Tür einen Spalt öffnete, um nach den Gästen zu sehen.

„Ja wos is des! Bei eich doadls ja! Brauchts wos?" fragte er.

„Ois guad!" rief ihm der Moosleitner Franz zu. „S' Leben is schee! Und do drauf soillt ma jetzt ostässn! Wirt, gäh bring jedm an Obstler auf meine Kosten."

Die Ankündigung wirkte augenblicklich belebend. Allen erschien das Leben jetzt gleich doppelt kostbar. **Sie redeten und lachten wie bei einem Leichenschmaus.**

4

Armena Kühne

Sie redeten und lachten wie bei einem Leichenschmaus. Am Tresen stand Jens zwischen zwei Männern, die ihn um Schulterlänge überragten. Hannes ging hinüber zur Bar. Eine Weile blieb er hinter den Männern stehen. Ihr Gespräch drehte sich um Whiskey und wie viel man vertrug. Keiner der drei war mehr nüchtern, und Jens in ihrer Mitte hatte Mühe, auf den Beinen zu bleiben. Hannes zog einen Barhocker heran, packte Jens an der Hüfte und hob ihn auf den Hocker. „Hey, was soll dass denn? Nimm die Pfoten weg, oder suchst du Ärger?" Jens, kleinwüchsig wie er war, plusterte sich auf, um größer zu wirken.

„Nee, jetzt kannst mit deinen Kumpeln auf Augenhöhe reden. Ist doch besser."

„Kommt doch nicht auf die Größe an, du Idiot."

Hannes schob sich zwischen Jens und dem rechten Kumpel. „Redet man so mit einem Freund?" Er bestellte zwei Whiskeys, einen für Jens und einen für sich selbst, obwohl er dieses Getränk nicht besonders mochte. Die beiden anderen trollten sich und suchten ein neues Opfer.

„Ich hab dich hier noch nie gesehen? Und deine Visage vergisst man nicht."

Hannes hob sein Glas und prostete Jens zu. „Ich nenne mich Engel der Gerechtigkeit."

Jens verschluckte sich am Whiskey, bekam einen Hustenanfall und kurz darauf einen Lachanfall. „Das ist der beste Witz, den ich gehört habe. Du hast echt einen Schuss in der Birne."

Auch Hannes stimmte in das Lachen mit ein. Der Barkeeper schenkte ihre leeren Gläser nach.

„Für welche Gerechtigkeit setzt du dich denn ein? Oh ja, ich weiß, du sorgst dafür, dass mein Glas nicht leer wird."

„Das auch", meinte Hannes. „Aber hauptsächlich arbeite ich für eine Versicherung."

„Als wenn Versicherungen gerecht wären, die ziehen dir nur das Geld aus der Tasche, und wenn du was brauchst, dann halten sie ihr Konto verschlossen." Jens nahm einen großen Schluck Whiskey zu sich.

„Nicht in meiner Abteilung, und wenn ich Ungerechtigkeiten feststelle, dann handle ich."

„Bist also einer von den verdammten Gutmenschen." Jens lachte albern.

Nach dem dritten Glas, Jens hatte jetzt ernsthafte Sprachschwierigkeiten, signalisierte Hannes dem Barkeeper, nichts mehr nachzuschenken.

Kurz darauf verließen sie die Kneipe. Jens, der Mühe hatte, einen Fuß vor den anderen zu setzen, wurde von Hannes gestützt.

„Ich fahr dich nach Hause", sagte er, als Jens seinen Autoschlüssel aus der Tasche zog. Er nahm ihm den Schlüssel ab und bugsierte Jens zu seinem Wagen. Dann fuhr Hannes los, aber nicht in die Innenstadt, sondern Richtung Meer. Als die Gegend einsamer wurde, reagierte Jens. „Hey, wo fährst du denn hin? Hier kommen wir in die Pampa, aber nicht zu meiner Wohnung, dreh sofort um!"

„Keine Sorge, das ist ein Schleichweg."

Hannes bog rechts auf einen schmalen Sandweg ab und hielt dann an einem verfallenden Bootshaus an. „Wir sind da, hier wird ausgestiegen."

Jens stierte in die Dunkelheit. „Spinnst du? Was wollen wir hier?"

„Raus"! Hannes' Stimme war kalt wie Eis. Er hielt Jens eine Pistole an den Kopf.

„Scheiße, ich hätte wissen müssen, dass mit dir was nicht stimmt. Was soll der Mist?"

„Ich hab dir doch gesagt, ich bin ein Engel der Gerechtigkeit".

Jens wurde mit einem Schlag nüchtern. „ Und? Was soll der Schwachsinn? Wenn du mich umbringst, dann ist das keine Gerechtigkeit, sondern Wahnsinn."

„Erinnerst du dich an den Unfall, den du verursacht hast? Damals kam eine junge Frau ums Leben. Du bist einfach weitergefahren und hast sie liegen lassen. Es war meine Frau und sie könnte heute noch leben, wenn du nicht davon gefahren wärst. Deine Strafe war mild, und heute hättest du dich, trotz Alkohol, wieder hinters Steuer gesetzt." Hannes entsicherte die Pistole.

„Und du spielst dich jetzt als Richter auf. Du bist wirklich weich in der Birne."
Jens schien ihn nicht ernst zu nehmen. „Nimm das Ding runter und lass uns
zurückfahren! Und das mit deiner Frau tut mir leid. Das ist einfach so passiert."

„Einfach so? Nein nicht einfach so, du warst feige."

Ein Schuss, und Jens sackte lautlos zusammen. Hannes blieb noch eine ganze
Weile stehen, wartete auf das Gefühl einer Erleichterung, doch das stellte sich
nicht ein. „Egal", dachte er, „eine Ratte weniger." Dann wickelte er ein Seil um
Jens, zog ihn auf den Rücken und verschnürte ihn fest an seinem Körper. Kurz
darauf lief er in leicht gebückter Haltung los. Das Watt lag dunkel vor ihm. Nach
einer guten Stunde, als er weit genug draußen war, wollte er Jens von seinem
Rücken holen. Es gelang ihm nicht, der Knoten des Seiles war oberhalb der
Schulter unter den Körper von Jens gerutscht.

Die bereits eintretende Leichenstarre machte es unmöglich, an den Seilknoten
zu gelangen. Er verrenkte sich beinahe, und seine Bewegungen wurden durch die
aufkommende Panik immer unkontrollierbarer. Wütend heulte er auf, schüttelte
sich, doch Jens hielt ihn fest umklammert. Dann rannte er zurück und das
Grauen mit ihm. Er hatte das Gefühl, Jens wurde immer schwerer. Mit der Fracht
auf seinen Schultern würde er das Ufer nicht mehr erreichen.

Die Flut kam zurück, schnell und kalt.

5

Magdalena Reupold

Die Flut kam zurück, schnell und kalt ...

Endlich, endlich kam sie zurück.

Frederike nagte schon zu lange am Magertuch. Sie war eine Künstlerin, eine die für, und mit Farben lebte, die sogar regelrecht einen Farbentanz auf ihre Leinwand zauberte.

Sie hatte Erfolg, vor Jahren, wurde in die besten Galerien gerufen und ihre Preise stiegen ins Dreifache.

Und genau da, wie kann man das verstehen, kam der Zusammenbruch. Schleichend – erst hatte sie keine Motivation, dann keine Lust mehr den Pinsel in die Hand zu nehmen, es tauchte keine Inspiration mehr auf, ohne die ein Künstler nichts zu schaffen vermag.

Ihre eigenen Werke konnte sie nicht mehr ertragen, so dass sie in manchen Anfall von Wut und Verzweiflung ihre Bilder zerschnitt oder beschmierte mit roter Farbe wie Blut.

In ihr Atelier ließ sie nun keinen Besuch mehr. Manche Einladung nahm sie noch an, zu denen sie sich mit letzten Reserven zurecht machte und auch noch ein Lächeln zustande brachte.

Aber kurz darauf bekam sie keiner mehr zu Gesicht.

Frederike gammelte vor sich hin, bis ihre Seele den Notstand ausrufte. Sie bekam Angst, das Geld ging zu Ende, die Freunde blieben fern, der leere Kühlschrank grinste ihr hämisch ins Gesicht und spiegelt ihr ihren Zustand.

Ebbe, Ebbe ist heilsam.
Ebbe heißt nichts mehr da was dich ablenken könnte.
Ebbe heißt mit sich allein sein und lernen sich selber zu mögen.
Die absolute Ebbe ist der Beginn der Flut. Keine Sekunde früher, den Zustand kann man nicht beschleunigen.
G e d u l d i g Atmen, deine Ä n g s t e entmachten, deine lieblosen Z w ä n g e loslassen, bis nur noch dein einfaches, unkompliziertes, gesundes, wundervolles Wesen übrigbleibt.

Frederike ging durch das schmerzhafte Geschenk, der tiefen Erneuerung.

Und dann, dann kam wieder die Flut, aber nicht schnell und kalt, sondern langsam und warm, liebevoll, damit in Frederike Zuversicht und Lebensmut wieder stetig wachsen konnte.

Eine Künstlerin ist sie immer noch, aber nun hat sie den segensreichen Frieden und die Gelassenheit, was auch in ihren Bildern zu sehen ist.

Und wer sich Eines zu sich nach Hause holt, hat ein Bild mit ebensolcher Kraft und Ausstrahlung.

Ebbe und Flut gehört zum Leben.

Das eine ist so wertvoll, wie das andere.

6

Gudrun Bielenski

Das eine ist so wertvoll wie das andere, murmelte Gary leise vor sich hin und wog seine Geschenke behutsam in beiden Händen. In seiner rechten Handfläche glitzerten drei Diamanten, die kunstvoll in rote Rubine gefasst waren. In seiner linken lag ein matt schillerndes Perlencollier.

Susan sollte sie beide bekommen. Der Preis spielte keine Rolle. Gary stellte sich ihr Gesicht vor, wenn er ihr den Diamantring über ihre zarten Finger streifen würde. Sie sollte ihn heute, an ihrem 10. Hochzeitstag bekommen. Er war auch als Versprechen für die nächsten 10 Jahre gedacht.

Das Perlencollier würde er ihr zu ihrem 30. Geburtstag schenken.
Er verstaute die wertvollen Päckchen in den beiden Außentaschen seines Anzuges.

Am Abend gab es eine große Party mit ihren besten Freunden.

Gary stieg in seinen silbergrauen Tesla, den er in der Fifth Avenue geparkt hatte.

Der Himmel färbte sich von rot, orange, in ein ocker und blau, bis er schließlich schwarz wurde.

Gary liebte es, New York in dieser blauen Stunde zu erleben. Fast gleichzeitig gingen überall die Lichter an. Die Hochhäuser begannen von innen zu leuchten und die großen Leuchtreklamen blinkten in allen Farben. Ein magischer Zauber breitete sich jeden Abend in dieser großen Stadt aus, einer Stadt, die niemals schlief, und trotzdem eine wohltuende Ruhe ausstrahlte.

Lautlos glitt sein Wagen durch die breiten Straßen. Er schaltete das Radio ein. Frank Sinatra sang "Strangers in the night". Gary pfiff leise mit.

Ja, er war wirklich glücklich. Er hatte eine bezaubernde Frau. Sie besaßen ein Penthouse in Chelsea, im 20. Stock mit Blick über den Hudson. Und eine kleine Yacht am Chelsea Pier. Ihnen fehlte also nichts zu ihrem Glück.

Wenn da nicht noch eine kleine Sache gewesen wäre.

Susan wünschte sich ein Kind. Immer wieder lag sie ihm damit in den Ohren. Er wiegelte ab, verwies auf ihr schönes, freies Leben.

Außerdem war er zwanzig Jahre älter als sie. Er wollte sein Leben mit ihr alleine genießen.

Er bog in die 23. Straße und lenkte seinen Wagen kurz darauf in die Tiefgarage. Der Autopilot tat das Übrige.

Als er mit dem gläsernen Fahrstuhl in den 20. Stock fuhr, griff er noch einmal in seine rechte Jackentasche und befühlte mit seiner Hand das lederne Etui, in dem der überaus schöne Ring steckte.

Er rückte seine Krawatte zurecht und strich sich über die Haare, bevor er den Schlüssel ins Schloss steckte. Lautes Stimmengewirr drang an seine Ohren, offensichtlich waren die Partygäste schon da.

Sie standen im verglasten Wintergarten an den Bartischen, nippten an ihren Cocktails und unterhielten sich über die News der angesagten Szene.

Als Gary den Raum betrat, wurde er mit Küsschen und Umarmungen begrüßt.

Nur Susan stand unbeteiligt da. Sie sah hinreißend aus in ihrem kleinen Schwarzen.

„Hallo Liebes", begrüßte Gary sie und berührte ihre Wange leicht mit seinen Lippen.

Sie reagierte nicht. Er legte den Arm um sie.

„Dann wollen wir doch einmal auf das Paar anstoßen, das heute 10 Jahre miteinander glücklich verheiratet ist", verkündete Simon, sein langjähriger, alter Freund. Alle erhoben ihre Champagnergläser.

„Ich habe eine Rede vorbereitet", sagte er und faltete die Blätter auseinander.

Da riss sich Susan von Gary los, schlug Simon die Blätter aus der Hand und rief: „Ich bin schwanger!"

Gary schluckte: „Aber Liebes, das haben wir doch nicht ausgemacht."

Susan blickte ihm böse in die Augen. Dann lächelte sie und sagte hämisch: „Mein Kind ist nicht von dir!"

Die Gäste schauten entsetzt auf Susan. Es breitete sich eine unangenehme Stille im Raum aus. Gary wurde kreidebleich, seine Hände zitterten, er ließ sein Glas fallen Das Klirren der einzelnen Scherben auf den Steinboden durchschnitt die Stille wie ein scharfes Messer.

„Ich habe dir immer wieder gesagt, dass ich ein Kind von dir möchte!"

„Dein Reichtum und dein Luxusleben waren dir immer mehr wert, als ein Kind!"

„Dein Geld kotzt mich schon lange an!", brach es aus ihr hervor.

Gary starrte sie fassungslos an. Da stellte sich ein junger Mann neben Susan und verkündete laut:

„Ich bin der Vater!"

Um Gary begann sich alles zu drehen, er klammerte sich an einem der Bartische fest und schrie: „NEIN!"

Er stürzte, rappelte sich wieder auf, ging dann mit großen Schritten auf seinen Nebenbuhler zu, packte ihn an den Schultern und drückte ihn auf den Boden. Hastig fingerte er das Perlencollier aus dem Etui und zog es aus seiner Jacken-tasche. Mit wutverzerrtem Gesicht und zu allem entschlossen, schlang er die Kette um dessen Hals.

Dann zog er zu! Der junge Mann würgte und röchelte.

Die Gäste standen immer noch wie gelähmt da, bis einer schrie: „Der bringt ihn um!" Sofort stürzten sich zwei beherzte Männer auf Gary und zerrten ihn von seinem Opfer weg. Die Frauen kreischten und verließen fluchtartig den Raum.

Susan kniete sich neben ihren Liebhaber, übersäte ihn mit Küssen und bekam einen Weinkrampf. Er schlug die Augen auf und lächelte sie an, so gut er konnte. Kurz darauf kam die Polizei und nahm Gary fest.

In seiner Gefängniszelle hatte er viel Zeit, nachzudenken. Er kam zu der Einsicht, dass Reichtum nicht alles ist.

„Wenn ich wieder frei bin, mache ich alles anders", sagte er. **„Ich habe noch eine Chance!"**

7

Annemarie Singer

„**Ich habe noch eine Chance!**" Der Satz kam über Nacht zu mir, ohne dass ich nach ihm gesucht hätte. Hat ein Traum ihn mir ins Ohr geflüstert? Ich weiß es nicht. Anfangs war es nur ein Gedanke. Einer von vielen. „Du hast noch eine Chance!", dachte es in mir. Ganz leicht und ohne große Auswirkung war er einfach da, wie ein Mensch, den man gerade kennen gelernt hat und der im Moment des Kennenlernens scheinbar noch keine Bedeutung hat. Doch dann spricht man ein paar Worte, hört, was er sagt, und gibt eine Antwort.

Und ich frage mich: „Wann hat diese, meine eine, Chance angefangen, mit mir zu sprechen?" Wann hat sie an die Türe zu meiner Aufmerksamkeit geklopft, und warum habe ich sie eingelassen?" Andere Gedanken ziehen unbemerkt weiter, doch das Wesen der Chance will sich in mir ausbreiten. Ein harmloser Satz, eine Idee von etwas, das mir wie ein Lufthauch zugeflogen ist, geht mir nicht mehr aus dem Sinn, ergreift Besitz von mir und wiederholt sich schier endlos, bis ich ihm endlich nachgebe und einen Platz einräume.

Eine Chance, was ist denn das? Eine Möglichkeit, die das Versprechen enthält, mit hoher Wahrscheinlichkeit etwas zu bekommen, das ich gerne möchte? Noch mehr beschäftigt mich allerdings das „eine", das vor der Chance steht. Dieses kleine Wort löst Unmut in mir aus. Ich will nicht nur „eine" haben! Ich will viele haben! Ich weiß, dass es mein Recht ist, Fehler zu machen und auch eine zweite und dritte Chance zu haben. Ich wehre mich gegen den Gedanken, dass es irgendwann zu spät sein könnte.

„Ich habe noch eine Chance!" Wer ist es, der mir die Chance gibt? Wer nimmt sich das Recht heraus, mir Chancen zu geben? Mein Widerstand wächst. Es hängt wie eine Drohung, wie eine Gewitterwolke über mir, dass es wirklich meine letzte Chance sein könnte. Dass, wenn ich sie jetzt nicht nutze, sie für mich endgültig verloren ist. Wenn ich sie jetzt nicht ergreife, habe ich versagt! Mir selbst etwas versagt! Ich werde nie erleben, was sie mir geboten hat.

Chaos im Kopf. Gedanken kreisen und drehen sich, verschlingen sich ineinander, um im Bruchteil einer Sekunde wieder die Richtung zu wechseln. Sie sind außer Rand und Band und kennen kein Halten mehr.

Ein Gefühl von Unmut steigt in mir auf. Eine Rebellion gegen das, was hinter den Gedanken steht: die Sehnsucht im Herzen, die Angst des Verpassens. Ich kann sie doch jetzt nicht nutzen, diese eine Chance. Ich habe keine Zeit dafür! Und auch kein Geld. Zudem muss ich mich um meine Kinder kümmern, und außerdem weiß ich gar nicht, ob ich das kann. „Ja, ja, ich höre deine Antwort. Alles Ausreden!", flüsterst du mir zu. Du musst mir nicht auch noch sagen, dass ich im Grunde nur nicht mutig genug bin, zuzugreifen.

Das Knäuel in meinem Kopf dehnt sich aus und will den Körper erobern. Ich spüre es förmlich, wie sich in meinem Bauch der Widerwille sammelt und sich zu einem Knoten verschlingt. Die Schultern ziehen sich hoch und rüsten sich für den Kampf, das Herz macht sich schwer wie Blei. Mein ganzer Körper wehrt sich, und wir schleudern der Chance, dieser blöden Kuh, voller Wut entgegen: „Außerdem bist du eine Lügnerin! Du kommst immer wieder voller Hoffnung und Verlockung zu mir, und nie hältst du, was du versprichst!"

Meine Faust schlägt auf den Tisch. Ich reibe mir die Hand, erschrocken über mich selbst. Mein Mann schaut mich entgeistert an: „Ich kann nichts dafür, dass ich heute Abend noch länger arbeiten muss und keine Zeit habe, auf die Kinder aufzupassen. Kein Grund, so auszuflippen."

Ich werde äußerlich ganz ruhig und spüre gleichzeitig wie jede Zelle in mir vibriert. Klarheit breitet sich aus. Ich kann sie deutlich sehen, meine Enttäuschung über verpasste Möglichkeiten und verlorene Hoffnung. Alles, was ich mir vom Leben erträumt habe, aber nie gelebt habe, hat sich durch diese „eine Chance" entladen. Es tut weh zu erkennen, dass nichts mehr übrig ist von all meinem Plänen und Idealen. Wann habe ich sie verloren? Wann habe ich mich verloren?

Wann habe ich angefangen, mich zu verstecken vor der Welt, meiner Familie, meinen Freunden, Nachbarn und Kollegen? Ich bin zu einer Hülle geworden. Zu einem Schein in einer Scheinwelt. Ich will nicht mehr leer sein und mich hinter meiner Schutzmauer aus Angst und Ärger, Jammern und Schuldzuweisung verstecken! Ich möchte mich sehen und zeigen, wer ich bin. Und plötzlich ist es wahr: Ich habe noch eine Chance! Jetzt und in jedem Augenblick meines Lebens kann ich sie nutzen. Aufstehen und die Türe hinaus ins Leben nehmen.

Wer hat mich so lange daran gehindert? Nur ich und meine eigenen Grenzen. Ich strecke die Waffen und gebe auf. **Der Kampf ist vorbei.**

8

Meike K.-Fehrmann

Der Kampf war vorbei. Endlich konnte er es sich mit einer Flasche Bier auf dem Sofa bequem machen und den Fernseher einschalten. Sonntagabend – das hieß „Tatort"-Zeit im Ersten. Genug der Kämpfe und Auseinandersetzungen, jetzt wollte er sich entspannen. Die letzten 30 Ehejahre waren ein stetiges Auf und Ab gewesen, wobei in den letzten Jahren die Tendenz immer mehr in Richtung Ab ging. 20:15 Uhr – auf die Minute genau ertönte die bekannte „Tatort"-Titelmelodie, und der Vorspann flimmerte über den Bildschirm. Es war ein Unfall gewesen. Mehr oder weniger jedenfalls. Aber ob die Polizei das glauben würde? Er versuchte, sich auf die Handlung im Film zu konzentrieren, als er ein unangenehmes Ziehen in der Magengegend verspürte.

Was ihm in den „Tatort"-Folgen schon des Öfteren negativ aufgefallen war, war der Umstand, dass fast nie gezeigt oder erklärt wurde, wie eine Leiche an den Ort gekommen war, wo die Polizei sie später auffand, sinnierte er. Die Leiche lag ein-fach im Wald und wurde dort von einer Spaziergängerin, die typischerweise mit einem Hund unterwegs war, gefunden. Oder sie war beim Bau eines Gebäudes einbetoniert worden und tauchte Jahrzehnte später beim Abriss des

Hauses plötzlich auf. Vielleicht hing sie auch an einem Dachbalken, weil der Täter es wie Selbstmord aussehen lassen wollte. Oder sie sank mit Steinen um den Leib gebunden auf den Grund eines Sees, wo sie allmählich von Fischen zerfressen wurde, aber wegen der Fäulnisgase doch früher oder später wieder nach oben trieb. Das Vergraben in Blumenbeeten kam auch ab und zu vor. Manch-mal wurden auch nur Leichenteile gefunden, die jemand zersägt in einem Koffer weg-geschleppt hatte. Aber wie die Leiche zersägt worden war, also ganz konkret, oder wie es jemand geschafft hatte, den leblosen Körper zu bewegen oder in den See zu werfen, wurde nie gezeigt. So oder so stellte er sich das ziemlich schwierig vor.

Er rülpste laut. Etwas grummelte in seinem Darm.

Während er über Leichenbeseitigung bisher nur theoretisch nachgegrübelt hatte, stellte sich die Frage nun ganz praktisch. Veronika war eine tolle Frau gewesen. Und ihr Pilzragout, das sie ihm erst heute Mittag wieder serviert hatte, war wie immer ganz ausgezeichnet gewesen. Kochen konnte sie.

Er ächzte und rieb sich den Bauch. Die Schmerzen wurden stärker, bis er schließlich vom Sofa aufstand und sich streckte. Doch auch das half nichts. Ein Kräuterschnaps würde der Verdauung bestimmt auf die Sprünge helfen.

Er ging in die Küche und stieg über Veronikas Körper. Die Blutlache, in der ihr Kopf lag, war noch etwas größer geworden. Wieso war sie auch so prüde gewesen? Erst hatte sie ihm das Pilzgericht liebevoll und fürsorglich aufgetischt, sogar noch einen Nachschlag gegeben, und als er dann versucht hatte, sie auf seinen Schoß zu ziehen, wehrte sie sich plötzlich, die blöde Schlampe. Es war doch wohl sein Recht, sie zu nehmen, wann immer er wollte. Schließlich waren sie verheiratet. Dann war es zum Streit gekommen und er hatte zugeschlagen. Erst mit der flachen Hand, aber als sie das nicht gefügig machte, hatte er die Faust genommen. Er konnte ihr Gezeter und Geschrei nicht mehr ertragen. In letzter Zeit war es häufiger vorgekommen, dass ihm mal die Hand ausgerutscht war. Blöd, dass sie nach hinten gestolpert und mit dem Kopf auf die Marmorplatte geknallt war. Genau genommen war es doch nur ein Unfall gewesen.

Er krümmte sich plötzlich zusammen und stöhnte. Wo kamen bloß diese verdammten Magenschmerzen her? Er griff nach der Schnapsflasche und trank gierig. Der Alkohol brannte in der Kehle.

Was sollte er mit ihrer Leiche tun? Er hatte keinen Plan, aber ins Gefängnis wollte er auch nicht. Er griff mit zittrigen Händen nach ihren Fußgelenken und hob die Beine an. Dann versuchte er, ihren Körper ein Stück zu ziehen. Es ging schwerer, als er erwartet hatte, und das Blut hinterließ eine hässliche Schleifspur auf den Fliesen. Mit seinem Bauchweh würde er das sowieso nicht schaffen.

Da fiel sein Blick auf ihr Mobiltelefon, das auf dem Tisch lag und vibrierte. Eine Nachricht von Ricky68: „Hat es geklappt? Wieso meldest Du Dich nicht, Liebes?" Was wollte dieser Kerl von seiner Veronika, und was hatte geklappt?

Er spürte Übelkeit in sich aufsteigen, kalter Schweiß schien aus jeder seiner Hautporen zu quellen, und sein ganzer Körper begann zu zittern. Er sank vor Schmerzen auf die Knie und erbrach sich schwallartig. Die braune Brühe aus Pilzen stank erbärmlich, und ihm schossen Tränen in die Augen. Die Krämpfe wurden immer stärker, und sein Herz fing an zu rasen. Ihm war es, als wollten seine Eingeweide zerplatzen.

„Sie hatte einen anderen", schoss es ihm durch den Kopf, „und sie hat mir Gift ins Essen gemischt, um mich loszuwerden, die undankbare Schlampe." Ächzend würgte er erneut. Das Atmen wurde immer schwerer. Er röchelte und wälzte sich vor Schmerzen über den Boden.

„Was hätte sie bloß mit meiner Leiche gemacht?", war sein letzter Gedanke, bevor er bewusstlos wurde.

9

Christine Heimannsberg

„Was hätte sie bloß mit meiner Leiche gemacht?", war sein letzter Gedanke, bevor er bewusstlos wurde. Dann kam Schwärze, so dunkel und unbegreiflich, als ob die Welt stehen geblieben wäre. So leer wie er sich das „Nichts" aus der „Unendlichen Geschichte" vorstellte, die ihm seine Mutter vor vielen Jahren vorlas. Doch daran würde er sich nicht mehr erinnern. Genauso wenig, wie an das Gemälde, dass er einst aus Gummibärchen zusammenklebte und für viel zu wenig Geld verkaufte, oder an den Vorgang, der ihn in diesen unbegreiflichen Zustand katapultierte. Das große Nichts nahm seinen Geist in Gewahrsam und legte seinen Körper lahm.

Während er sich im großen Nichts befand, wuselte das Leben und die Forschung eifrig um ihn herum, aber natürlich bekam er dies nicht mit. Man schob seinen Körper in Röhren, durchleuchtete sein Gehirn, verwundert über so wenig Aktivität – die es natürlich weiterhin gab, denn wie sollte sonst sein Herz weiter schlagen, oder seine Lungen weiter Luft holen – man untersuchte sein Blut, seine Vitalwerte, sogar seine Haare wurden analysiert, aber kein Ergebnis lieferte die

Erklärung zu seiner inneren Abwesenheit. Dann, nach Wochen erst, begann er sich bruchstückhaft wieder zusammen zu setzen. Zunächst verwandelte sich das Nichts in einen Nebel. Nicht aus Luft, oder Gas, eher wie ein vorbeiziehendes Geräusch. Der Nebel war weder weiß, noch grau, weder dicht, noch durchlässig. Aus dem Nebel schälten sich Formen, später Bilder und schließlich kamen Töne dazu. Stimmen, die sich flüsternd über ihn zu beugen schienen, Wörter die keine Bedeutung für ihn hatten, aber lustig klangen. „Somnambulismus", „kritischer Faktor", „Schmerzrezeptoren".

Schließlich drang ein stetig wiederholter Satz in sein Unterbewusstsein und weckte seine Neugier: „Wach auf, Anonymus".

Es war immer die gleiche Stimme, die diesen Satz sprach. Jung und rauchig, ein tiefer weiblicher Bass, verlockend und streng zugleich. Wem diese Aufforderung galt, erschloss sich ihm nicht, doch je öfter er den Satz hörte, so mehr wünschte auch er sich dieser „Anonymus" würde erwachen und er wunderte sich, wer dieser Mensch wohl sei, der offensichtlich einen so hervorragenden Schlaf hatte.

Der Satz versetzte ihn in Aufregung. Zum einen die Stimme, zum anderen der nun beginnende Unmut, dass „Anonymus" so stur die Aufforderung verweigerte, dass er schließlich seine Augen öffnete, um nachzusehen, was da los sei.

Ein Gesicht, wie das von Disneys Schneewittchen lächelte ihn an und offenbarte dabei einen fehlenden Schneidezahn, was Schneewittchen einen verwegenen und abenteuerlichen Ausdruck verlieh.

„Endlich", sagte sie und lächelte noch breiter.

Gerne hätte er geantwortet, was aber nicht ging, da seine Stimmbänder versagten und nur durch heftiges Geräuspere in Schwung gebracht werden konnten. Schneewittchen beeilte sich die Rückenlehne des Bettes, in dem er sich befand, hochzuklappen und wartete dann geduldig, bis er seine Stimme wiederfand, was er ihr mit einem schlichten „Hallo" mitteilte.

„Hallo", antwortete Schneewittchen. „Ich heiße Inge."

Er sah sich um. Ein weißes Patientenzimmer, gegenüber vom Bett ein Blumenposter, rechts von ihm ein Fenster. Dahinter ragte ein Gebäudeturm empor mit unzähligen Scheiben, die nichts von dem, was sich dahinter verbarg, Preis gaben.

„Wissen Sie, wer sie sind?", fragte Inge-Schneewittchen.

„Anonymus?", antwortete er, denn dies wurde ihm klar, während er sich umsah.

Inge nickte. „Und davor?"

Er schüttelte den Kopf.

„Wissen Sie, wie Sie hierhergekommen sind?"

Er wollte wieder den Kopf schütteln, entschied sich dann aber mit den Schultern zu zucken. Nicht gleich langweilig sein, variieren, um Schneewittchens Interesse zu behalten.

„Wissen Sie es?", fragte er zurück.

„Ich weiß es", antwortete Inge, „aber ich möchte wissen, was Sie wissen."

„Ich weiß nichts, außer, dass ich nichts weiß. Sie sind meine erste Erinnerung."

Inge zeigte wieder ihre Zahnlücke und sein Herz wurde warm. Er fühlte sich wie ein Entenjunges, das als erstes den Familienhund erblickte und glaubte es sei seine Mutter. Oder war es die Katze?

„Tom und Jerry", sagte er. Schneewittchen sah ihn erstaunt an. „Mir kamen Tom und Jerry in den Sinn."

„Zeichentrickfiguren."

„Ja."

Sie schauten einander an. Inge war ihm vertraut, was ihm aber nicht verwunderlich schien, schließlich war sie der erste Mensch in seinem Leben.

„Ist dies das Ende, oder ein Anfang?", fragte er.

„Das liegt in Ihrer Hand."

„Ich kann mich an nichts erinnern, das ich vermissen könnte."

„Dann ist es ein Anfang", sagte Inge entschlossen. „Wie möchten Sie heißen?"

„So, wie es Ihnen am besten gefällt."

„Nick. Es ist mein Lieblingsname."

„Nick", sagte Nick. „Dann habe ich heute Geburtstag. Welches Datum haben wir?"

„18. April, 1985."

„Dann ist dies der erste Tag meines Lebens."

Inge nickte. Zufrieden. Lächelnd. „Ich muss los", sagte sie plötzlich. „Meine Schicht ist zu Ende."

An der Tür wendete Inge sich noch einmal zu ihm um. „Ich komme wieder."

Er nickte und wunderte sich darüber, dass Krankenschwestern keine Kittel mehr tragen. Irgendwie war ihm, als müsste es so sein. Im Hinausgehen griff Inge sich eine Tasche vom Tisch. Braunes, abgegriffenes Leder. Eine Erinnerung blitzte in Nick auf. Er sah Inge nach. Die Tasche baumelte von ihrer Hand. Eine Bilderfolge lief vor Nicks innerem Auge ab: Tasche, Schule, Akte. Gleichzeitig befiel ihn eine schwere Müdigkeit. Sein Geist griff nach den Bildern. Tasche, Schule, Akte, Schüler, Studenten. Er begann wegzusacken. Schule, Akte, Schüler, Studenten, Labor.

Nick schloss die Lider und konzentrierte sich nur noch auf die Bilder in seinem Kopf, die flüchtig waren, wie Gas. Studenten, Labor, Versuche, Somnambulismus. Runter, runter in die Tiefe. Wo ist Schneewittchen? Labor, Versuche, Somnambulismus, kritischer Faktor. Schlaf. **Ein letztes Aufbäumen, danach war Nick alles egal.**

10

Inge Witt

Ein kurzes Aufbäumen, danach war Nick alles egal.
Ich stand ihm bei in den letzten Stunden. Für ihn war es eine Erlösung.

Um auf andere Gedanken zu kommen, besuchte ich am nächsten Tag, einem regnerischen Freitagmorgen, die 85-jährige alleinlebende Elsa. Sie öffnete mir freundlich wie immer ihre Tür und wir setzten uns auf ein paar Minuten in die Küche um uns das Neueste zu erzählen. So zeigte sie mir ein Kästchen mit rotem Knopf, das sie um den Hals trug. Es handelte sich um ein Notrufsystem, über das alleinstehende Senioren Hilfe rufen können.

„Oh, das ist ja super" sagte ich begeistert, „das wäre auch was für Tilde."

Erna kannte die die fast 90-jährige Tilde von einem Kaffeekränzchen bei mir.

„Könntest du mir bitte die Adresse aufschreiben", fragte ich Elsa. Weißt du, Tilde wird es immer schwindlig und habe Angst, im Bad zu fallen, und es fände sie keiner rechtzeitig. Sie wollte sogar das Risiko einer Operation eingehen und sich einen Herzschrittmacher implantieren lassen, worüber ich mich ein wenig lustig machte. Sie war wie ich gläubig, und ich meinte: "Du wirst halt mal einschlafen und im Himmel aufwachen." Sie reagierte etwas säuerlich und meinte: "Soweit bin ich noch nicht." Tilde war für ihr Alter sehr gesund und geistig rege.

Es ging mir nach unserem Gespräch nicht aus dem Kopf, dass sie sich ängstigte. Da fiel mir Marie ein, die auf derselben Etage des Bankgebäudes wohnt. Noch am selben Abend rief ich sie an und bat sie, doch einmal täglich bei Tilde zu klingeln, um ihr die Angst etwas zu nehmen. Sie erklärte sich grundsätzlich bereit dazu, fände aber, dass es jeden zweiten Tag ausreiche, denn sie wolle ihr nicht auf den Wecker gehen, was ich wiederum verstand.

Nach dem Besuch bei Elsa, beschloss ich sofort weiterzufahren, um Tilde zu besuchen. Ich stand nun vor dem großen Mietgebäude der Bank, mit der Adresse des Notfalldienstes in der Hand und klingelte am Haupteingang. Tilde öffnete nicht. Ich dachte, dass sie vielleicht noch im Bad wäre oder einen Arzt-Termin hätte. Da klingelte ich bei Marie, die ich durch die Sprechanlage informierte. Sie drückte auf den Türöffner und meinte, dass Tilde um diese Zeit längst wach sein müsste. Sie wollte sich noch anziehen und käme dann nach.

So fuhr ich in den zweiten Stock hoch und klingelte an Tildes Wohnungstür. Da war es mir, als hörte ich ein leises Stöhnen. Ich war mir aber nicht sicher. Wiederholt klingelte ich aber es kam ein Geräusch vom Aufzug dazu, und ich bat den Mann, der ausstieg und in den Gang kam mit mir an der Tür von Tilde zu horchen, nachdem ich ihm kurz die Situation erklärte. Wir klingelten nochmal und da war es wieder. Ein leises Stöhnen.

Marie war inzwischen dazugekommen. Wir mussten in die Wohnung gelangen. Der Mann klingelte beim Hausmeister, ein paar Türen weiter. Die Frau des Hausmeisters erklärte, dass ihr Mann gerade bei der Geldübergabe im Tresorraum der Bank wäre. Dort befänden sich auch alle Schlüssel der Wohnungen. Wenn wir Glück hätten, wäre die Aktion noch nicht abgeschlossen. Es war kurz nach 9 Uhr, und die Angestellten hatten gerade die Türen entriegelt. Ein junger Angestellter suchte sofort den Hausmeister, nachdem wir ihm die Situation schilderten.

Plötzlich geschah etwas Seltsames. Die Eingangstür öffnete sich und ein kleiner, verstört wirkender Mann im Schlafanzug stürzte herein, nahm einen großen Stein aus der Dekoration im Eingangsbereich und schrie: "Der Teufel, der Teufel hat mich die ganze Nacht gequält... "

Eine Angestellte, die sich gerade am PC niedergelassen hatte, suchte automatisch Deckung hinter ihrem Bildschirm. Blitzschnell wurde mir klar, dass ich jetzt handeln muss. Ich ging beherzt zu ihm, nahm ihm den Stein ab und sagte freundlich: "Da müssen Sie laut 'Jesus' rufen, dann verschwindet der Teufel."

Er stammelte noch etwas von seiner sterbenden Mutter, und ich riet ihm, für die Mutter zu beten. Er verließ sichtlich beruhigt die Bank.

Die Angestellten schwiegen erstarrt.

Ich musste wieder nach oben.

Marie hatte inzwischen den Notdienst gerufen. Der Hausmeister war jetzt mit dem Ersatzschlüssel da. Zusammen gingen wir in die Wohnung.

Wir fanden Tilde in einem schrecklichen Zustand im Bad. Der Hausmeister öffnete alle Fenster und ich bedeckte Tilde mit einem großen Badetuch und blieb bei ihr. Ihr Stöhnen wurde immer lauter bis sie rief: „Ich kann nicht mehr."

Tröstend sagte ich: "Tilde, Jesus ist bei dir, gleich kommt Hilfe."

Sie wurde ganz ruhig und im selben Augenblick kamen die Sanitäter mit einem Koffer zur Tür herein. Ich ging auf den Gang und betete.

Das 'Vater unser' rührte mich zu Tränen, denn gerade als ich bei „dein Wille geschehe" war, verband sich mein Gebet mit dem harten Ton des Defibrillators, der aus der Wohnung drang: **"Exitus Exitus Reanimation abgebrochen - Exitus Exitus Reanimation abgebrochen."**

11

Monika Klinkenberg-Weigel

„Exitus, Exitus, Reanimation abgebrochen – Exitus, Exitus, Reanimation abgebrochen!"

Ein Ausruf, ein Hilferuf? Und schon wieder so viel altes Latein. Aber die Sprache ist doch längst tot – Exitus, aus! Wer führt denn heutzutage noch ein Gespräch in lateinischer Sprache? Ein Kleriker, eine Medizinerin, der Jurist, eine Biologin, der Linguist, der Papst? Sie alle verwenden nur Teile dieser toten Sprache für ihre Zwecke, sie wollen sich in ein paar vereinheitlichten Begriffen miteinander verständigen. Das ist keine Wiederbelebung. Aber in Worten und Klängen der gegenwärtigen romanischen Sprachen ist noch das alte Rom zu erahnen. Die einstmals gesprochene Sprache wurde im Zeitablauf abgeschliffen, hat sich verändert und neue Laute und Bedeutungen hervorgebracht. Vergangenes ist nun mal das Fundament des Neuen. So ist der Lauf der Zeit.

Dagegen gelingt es heute tatsächlich, Menschen dem nahenden Tod zu entreißen, sie werden reanimiert, wiederbelebt eben. Sie sind dann wieder präsent, erscheinen unverändert in ihrer ursprünglichen Gestalt. Technik, Wissen, Geschick und - Glück machen das möglich. Das starre Herz beginnt zu schlagen, der Sieche ist ins Leben zurückgeholt worden. Welch große Leistung, welch riesige Freude!

Die Natur an sich kennt nur wenig Mitgefühl. Das Kranke und Tote wird umgestaltet, genutzt für Neues. Jahr für Jahr erleben wir das als etwas Selbstverständliches: Der Herbst lässt alles bis zur Reife gedeihen, die Landschaft prangt in farbiger Fülle. Dann folgt das Absterben und die lange Ruhezeit des Winters kommt. Das ist die Zeit des Überlegens und Planens. Was bleibt? Was wird anders? Wie soll das Neue werden? Im Frühling zeigt sich das Ergebnis. Vieles bleibt verschwunden und bildet fortan die Lebensgrundlage für das Neue, das nun prächtiger wachsen und blühen kann als je zuvor.

Ein wilder Sturmwind hat den alten, morschen Baum umgestürzt. Der einstmals so stolze Recke ist zusammengebrochen. Von einem windigen Gesellen in kürzester Zeit besiegt. Die Kleinen und Schwachen lauern schon. Geschwinde stürzen sie sich auf den sterbenden Koloss. Legionen von Pilzen, Moosen, Würmern, Käfern, Insekten besiedeln das tote Holz, finden hier ihre Heimat, verzehren das Alte, produzieren neues Leben. Und schau, dort sprosst schon ein junger Farn üppig aus frischem Humus!

Vergehen und Entstehen – ein universelles Gesetz. Es gilt nicht nur auf Erden, es gilt im gesamten Universum. Sterne im All kollidieren, kollabieren, expandieren, explodieren. (Wieder lateinischer Wortursprung!) Die Menschen haben zu allen Zeiten diese Himmelsschauspiele bewundert. Meist aber sind die Entfernungen so riesig, dass der kleine Mensch nur wenig von den großen Veränderungen im All zu sehen bekommt. Oft reicht die Spanne des kurzen Menschenlebens nicht aus, das ganze Vergehen und Werden von Sternen und Galaxien wahrzunehmen, geschweige denn zu begreifen.

Und doch gibt es hin und wieder außerordentliche Ereignisse im Universum, die alles Bekannte übertreffen und sogar für die geringen Erdenbewohner als Spektakel am wahrnehmbaren Himmel zu erkennen sind. Kometen zählen zu diesen ungewöhnlichen Erscheinungen. Allerdings ist ihre Wiederkehr oft berechenbar. Unberechenbar und daher umso verwunderlicher für die Beobachter des vertrauten Himmels ist das plötzliche gigantisch helle Aufleuchten eines Himmelskörpers: eine Supernova. Tausende Lichtjahre von der Erde entfernt stirbt ein riesiger Stern, bläht sich auf. Dann, in Millisekunden, kollabiert das Sterneninnere zu einem kompakten Objekt. Ein Gravitationskollaps. Dieses Zusammenstürzen eines Sterns wird von einem Strahlen begleitet, milliardenfach heller als das Leuchten des ursprünglichen Sterns. Gleichzeitig entsendet der sterbende Gigant ungeheure Mengen von Gasen in das Universum. Nebel von Atomen wabern durch Zeit und Raum – Sternenstaub. Aus ihm sind auch wir Menschen gemacht.

Wir Menschen, mit – hoffentlich genug! – Intelligenz und Verstand bedacht, beobachten die himmlischen Phänomene. Gelehrte und Wissenschaftler versuchen seit erdenklichen Zeiten, Erklärungen für die außergewöhnlichen Erscheinungen am Himmelsgewölbe zu finden. So beschäftigten die chinesischen Kaiser Astronomen, um ständig über wichtige Vorgänge am Himmel informiert zu werden. Auf diese Weise wurde im Jahre 1054 n. Chr. im Sternbild Stier das Aufleuchten einer Supernova entdeckt. Die Quellen der chinesischen Song-Dynastie verzeichnen für den 4. Juli und den 27. August 1054 das Aufscheinen eines neuen Sterns am Himmel. Nach den historischen Quellen war der Stern 23 Tage lang tagsüber am Himmel sichtbar und fast zwei Jahre lang am Nachthimmel, hell wie die Venus.

Die Überreste der Supernova von 1054, heute bekannt unter dem Namen „Crab-Nebel", wurden zu einem der am besten untersuchten Objekte der Astronomie überhaupt. Auf Abbildungen des Crab-Nebels, aufgenommen mit extrem weitsichtigen Teleskopen, sieht man in pastelligen Farben die Gashülle des toten Sterns, durchzogen von rötlichen und weißen Filamenten, wie Staubfäden in einer Blüte. Diese uns so ästhetisch erscheinende Wolke rast mit Geschwindigkeiten von 10 000 Kilometern pro Sekunde durch den sie umgebenden Raum, reißt neues Material an sich und ermöglicht dadurch erst das Leben aller nachfolgenden Generationen von Sternen und des darauf möglicherweise entstehenden Lebens.

Unsere Existenz ist gegründet auf Vergangenem, auf Sternenstaub. **Vergangenes wird zum Fundament des Neuen.**

12

Irmelind Klüglein

Vergangenes wird zum Fundament des Neuen
„Wie wahr! Auch ich kann mich über Vergangenes freuen,
über Mist, den andere ausgeschieden,
mit diesem sind wir Hühner ganz zufrieden,"
so sprach der Gockel Isidor.
Frohen Mutes steigt er den Misthaufen empor,
wirft sich stolz in sein Gefieder,
blickt auf seinen Hühnerharem nieder.

Seine Hühner kratzen, scharren, gackern,
sind emsig dabei die Hinterlassenschaften umzuackern.
Isidor erklimmt des Haufens höchsten Punkt,
dreht sich, dass sein Leib in der hellen Sonne prunkt,
kräht aus vollster Kehle laut:
„Kommt ihr Leute, seht und schaut.
Bewundert diese Nahrungskette,

aus Vergangenem schlüpfen Würmer, dicke, fette.
Meine Hennen machen daraus emsig und geschäftig,
Eier, vollwertig und eigelbkräftig.
Ein Produkt völlig der Natur entsprungen,
selbst die Verpackung ist gelungen.
Einen Umweltpreis sollte man uns verleihen,
das muss ich, mit Nachdruck, krähend schreien".

Hoch streckt er seinen roten Kamm empor,
wölbst seine Brust wie eine Ritterschild hervor,
schüttelt stolz sein buntes Gefieder,
flattert abwärts, genau auf Lady Gaga nieder.
Diese zetert grell in höchsten Tönen:
„Steig ab, ich kann mich selbst verwöhnen".

„Dieses widerspenstige, launische Weiberleut,
die hat für mich doch niemals Zeit",
schnarrt enttäuscht der Gockelhahn,
schleicht sich an seine alte Galina an.
Die ist ihrem Herren ganz ergeben,
gluckst: „Wie schön ist so ein Hühnerleben".
Zurück gekehrt der Mannesstolz,

die Lady-Gaga ist nun mal ein hartes Holz.
Doch morgen, wenn mein Haufen frisch getürmt,
dann wird die Dame, von oben, neu bestürmt.

Tags darauf, im frühen Morgengrauen,
glaubt Isidor seinen Augen nicht zu trauen.
Sein schmucker Haufen, aus Mist und Fäule,
ward abgetragen, weggefahren, in Windeseile.
Sein Höhenflug, sein Gipfelglück,
einfach verschwunden, Stück für Stück.
Der Isidor ist geschockt und sehr geknickt.

Doch alle seine Hühnerdamen, die ihm stets zu Füßen waren,
verstehen nichts von diesem Mannsgebaren.
Gagernd trippeln sie über den Beton,
eilen weiter, in das grüne Gras davon.
Lady Gaga spricht gewitzt:
„Gleichgültig ob du oben oder unten sitzt,
ein Haufen Gold, ein Haufen Mist,
alles hier hat seine Frist".

13

Martin Trautwein

›**Gleichgültig, ob du oben oder unten sitzt, ein Haufen Gold, ein Haufen Mist, alles hier hat seine Frist.**‹

Ich bemerkte, dass das Papier bräunlich verschmiert war. Dass es klebte von lauter Siff. Ich sah auf die Finger der alten Bettlerin, die mir den Zettel in die Hand gedrückt hatte, und die waren bräunlich und grindig, und ihre Kleidung war komplett versifft, und sie stank nach Rinnstein und eingekackter Hose, und sie widerte mich an. Ich musste wieder auf diesen Zettel starren, musste noch einmal lesen, so ungeheuerlich war das, ›...ein Haufen Gold, ein Haufen Mist, alles hier hat ...‹.

Und würde ich die alte Frau heute anschaun, würde ich vermutlich sagen, dass ihr Gesicht freundlich ist und mir sogar gewogen, doch damals sah ich was anderes, ich sah, dass sie mich verhöhnte, mich in den Dreck ziehn wollte mit ihrer verschissnen Bettlerweisheit und auf mir herumtrampeln, und ich wurde wütend, ihr wisst es, ich wurde wirklich schrecklich wütend.

»Machst du mich an, du verlaustes Stück Dreck? Bist du lebensmüde?«.

Ich stieß sie, dass sie rittlings zu Boden fiel, und ihr, meine Freunde, habt versucht, mich zurückzuhalten, ›Lass!‹, habt ihr gerufen, ›Is doch bloß ne bekloppte Alte!‹. Aber ich stürzte ihr nach, packte sie am Kragen, und ich vergaß sogar, wie sehr sie mich anekelte.

»Meine Frist«, brüllte ich ihr direkt ins Gesicht, »das merk dir, du Dreck: meine Frist, die setz ich mir selber! Keiner sonst!«

Und wie ich sie am Kragen hielt, und wie sie nicht antwortete, kein bisschen reagierte, sondern stattdessen mit ihren Augen an mir, ihrem Peiniger, vorbeiflackerte und im Trüben herumstocherte, begriff ich es: Diese Frau war blind.

Und im Moment, als ich begriff, hörte ich auch schon die Stimme. Nicht laut, nein, gar nicht. Keine Stimme Gottes oder so was, mit Stadionhall und von irgendwo oben, nein. Nur so, als würde sie mir direkt ins Ohr sprechen:

»Das überrascht dich, Junge? Aber du bist es doch auch.«

Ich sah der Alten direkt ins Gesicht, ihre Lippen bewegten sich nicht. Ihre Augen stocherten im Trüben.

»Ja, auch du bist blind, Junge. Du weißt es nur nicht.«

Ich riss meinen Kopf zur Seite, ob jemand hinter mir stand. Aber da war nichts, niemand. Nur ihr, meine Freunde, standet abseits.

›Was issn?‹, habt ihr gefragt. Aber ich konnte euch nicht antworten, denn die Stimme sprach weiter zu mir:

»Blind bist du und verloren. Drum will ich dich sehen lassen.«

Was für ein abgefahrner Text! Ist die auf Droge? Das war's, meine Wut, sie ist verraucht. Ich lass sie los, und während ihr, meine Freunde, die Alte in eine Ecke vorm Supermarkt wuchtet, da steh ich benebelt da und schau den Passanten zu, die um mich herum weite Bögen schlagen, so, wie man einem Besoffnen ausweicht, wenn man dringend irgendwohin will und wirklich null Bock auf Ärger hat.

Vor meinen Augen verschwimmt das Bild. Licht und Farben zerfallen zu pulvrigem Hell und Dunkel.

»Komm! Setz dich zu mir!«, sagt die Stimme.

Zittrig wie einer, der nen Schlag auf den Schädel bekommen hat, tapp ich rüber, ich erkenn grad noch so als Wabern die Ecke und die Frau, die dort unten sitzt. Ich erreich die Wand und muss mich erst mal anlehnen. Dann sink ich neben ihr auf den Boden.

»Wasn mit dir, willst du sie jetzt heiraten?«, ruft einer von euch.

»Bist du eifersüchtig? Also fick dich!«, ruf ich zurück. Und versuche, mir nicht anmerken zu lassen, dass ich euch, meine Freunde, nicht mehr sehe.

Als ich wieder sehe, versteh ich zuerst nicht, was das für ein Ort ist, den ich seh. Gewaltige rotschimmernde Wände schwingen sich auf, links und rechts von mir, fein durchzogen von einem Netz aus dunklen Linien und glitzernden Blasen. An ihnen wachsen Stränge in den Himmel, derb und baumstark, die Pfeiler eines

Gewölbes, das mir unermesslich scheint, das sich überallhin verzweigt, sich in Höhlen öffnet und Nischen und in weitere, kleinere Gewölbe.

Nichts hier ist fest oder gemauert. Alles ist aus Milliarden Fasern gewoben, alles ist weich und warm, und die roten Seidenwände schwingen langsam und gewaltig wie die Segel eines Schiffs von Giganten und Göttern, die Stränge dehnen sich auf und ziehen sich zusammen, der Boden unter mir vibriert, die Luft surrt, und es riecht nach feuchter Erde und warmem Blut.

Jetzt versteh ich den Ort. Dass er atmet. Ich fühle die Seele, die in ihm wohnt und die mich einhüllt mit ihrem Atmen und Schwingen, ihrem Vibrieren und Surrn. Dieser Ort ist ein Leben. Ich lege meine Hände auf eine Wand, lasse das Leben in mich fließen. Aber da ist noch was anderes. Nur was?

Angst. Todesangst, da bin ich mir sicher. Und die Angst dieser Seele führt mich zu einem Bild, ich sehe die Augen dieses Jungen, sehe sie direkt vor mir. Sehe die Todesangst in ihnen, und ich weiß, auch wenn er es noch nicht weiß, aber wahrscheinlich ahnt, dass er sterben wird in nur einem Augenblick.

Wie konnt ich jemals der Meinung sein, dass ein ganzes Pfund von diesem Fleisch weniger wert wäre als ein Mikrogramm von dem meinen? Wie war ich bloß darauf gekommen? Ich habe sie alle gesehen, glaubt mir, die Fasern, die Zellen. Bin ihren Strukturen gefolgt, Molekül für Molekül hab ich abgeklappert, hab zu Fuß ihre Längen und Flächen abgeschritten, Nanometer für Nanometer. Viele von ihnen habe ich berührt, und das Leben, das sie durchflutete, ist in mich geflossen. Tiefer gegründet, so sag ich euch, ist nichts in dieser Welt.

Irgendwann kam ich zu mir, vielleicht, weil alles nass war um mich rum und kalt. Ich erinnerte mich, dass ich die ganze Zeit über geweint hatte, meine Augen brannten und waren leer. Es wurd mir bewusst, dass meine Hand in den Händen der alten Bettlerin lag. Ich schaute zu ihr. Ihre Augen sahen in die Ferne. Sie sagte nichts.

Auf Gottes Messlatte saß er ganz unten, da waren wir uns damals doch sicher gewesen, meine Freunde. So sprachen unsre Väter, unsre Mütter. So sprachen unsre Brüder, unsre Schwestern. So sprachen unsre Lehrer, und so sprachen unsre Prediger. Von ›denen‹ und von ›solchen‹ sprachen sie, von ›solchen wie dem da‹. War damit nicht alles klar? Er saß unten, wir saßen oben. Gold, das warn doch wir, oder? Und er und seinesgleichen – sie warn der Dreck an unsren Schuhn, der Mist – das wussten wir doch. Oder?

Und so, wie Milliarden Menschen vor mir, war auch ich überzeugt, ich sei im Recht, als ich diesem Jungen mein Messer in die Brust rammte. Als ich diesen Tempel zum Einsturz brachte, seine rotschimmernden Seidenwände zerfetze, die in vielleicht sechzehn, siebzehn Jahren gewachsen waren, Tag um Tag, Nacht um Nacht. Als ich seine vor Leben pulsierenden Stränge durchtrennte und seine Seele für immer vom Atem dieser Erde abschnitt.

Ich war blind. Und weil ich blind war, tat ich, wovon ich fantasierte, es sei das Richtige, das Nötige, ja – vielleicht sogar das Unausweichliche. Denn er war doch nichts wert. **So hatte man es mir mein ganzes Leben lang beigebracht.**

68

14

Heidi Merkel

So hatte man es mir mein ganzes Leben lang beigebracht. Man geht nicht raus während einer Veranstaltung. Im Theater. In der Kirche oder im Literaturhaus. Bei einer Lesung. Ganz besonders nicht bei einer Lesung. Immer saß ich wie festgetackert und schaute auf das Szenario. Eine Bühne, hinten an der Wand gerne ein dunkler Vorhang. Nicht vorne, als Möglichkeit vor dem Publikum in Deckung zu gehen. Das haben nur Schauspieler oder Sänger verdient, für Schriftsteller gibt es sowas nicht. Nicht mehr vielleicht, seit der Publikumsbeschimpfung dieses österreichischen Dings, na, wie heißt er noch, dieser berühmte Dichter.

Egal, jedenfalls gibt es kein Versteck für den Autor oder die Autorin, nur einen Tisch, darauf ein Mikrophon, ein Glas mit Wasser und auf einem unbequemen Stuhl eine vom Scheinwerfer geblendete, lässig tuende Figur. Kein Lächeln, niedergeschlagene Augenlider. Schläft er, der Autor? Oder hat ihn alle Kraft verlassen? Eine kurze Anmoderation, die Spannung steigt. Wird das Geschriebene halten was sich das Publikum verspricht? Was ich mir versprochen habe, verführt durch eine vollmundige Ankündigung? Da. Er bewegt sich, gleich geht es los. Nein, sucht nach etwas, in seinen Hosentaschen, Rocktaschen. Eine Dame springt auf, bringt ihm ein Taschentuch. Die Nase frisch geputzt, beginnt er zu lesen.

Ich liebe Lesungen, doch manchmal. Nun gut. Ich habe immer durchgehalten, wie man es mir mein ganzes Leben lang beigebracht hatte. Ich habe viele Lesungen besucht, manche mit viel Vergnügen, andere ohne gröbere Beschädigungen. Da einem verschreckten Küken gelauscht, das Angst hatte vor der eigenen Stimme, grundlos, weil sich mit den ersten Worten eine Nabelschnur ausrollte vom Podium zu den Sitzreihen, ein Netz knüpfte, das die Zeit anhielt. Andernorts die überbordende Präsenz eines Hurz mit künstlerisch gebauschter Mähne und künstlerisch gebauschten Texten erlebt. Selbstsicher und voller Testosteron. Männlich. Muss man nicht hinzufügen.

Alles gut soweit. Bis ich in einer Biografie über Ingeborg Bachmann las, mit wieviel Angst sie, die gefeierte Dichterin, in jede ihrer Lesungen ging. Dass sie häufig fast, und einmal während einer Veranstaltung ganz zusammengebrochen ist. Dass sie Todesängste ausstand, sich mit Schmerzmittel bis hin zu Rauschmitteln zu beschwichtigen versuchte. Da habe ich etwas sehr Wesentliches begriffen: ein Schriftsteller ist ein Mensch der Zurückgezogenheit, der ganz bei sich sein muss, um Zugang zu seinen Speichern, seinen geheimen Kammern zu finden. Er ist ein störungsanfälliges Geschöpf, und als solches eher das Gegenteil eines Menschen, der sich gerne präsentiert auf Bühnen, auch wenn man es von ihm erwartet.

Ab diesem Zeitpunkt habe ich wie ein Seismograph jedes Zittern einer Hand, die das Blatt, das Buch umklammerte, registriert. Und Wellen voller Empathie sind durch meinen Körper geströmt, meine Hände begannen ebenfalls zu zittern. Wurde im Saal geraschelt, gehustet oder gar getuschelt, stieg mir die heiße Wut in den Kopf und ich musste an mich halten, das Publikum um mich herum nicht anzuzischen. Griff die Autorin nach dem Wasserglas, spürte ich die Trockenheit meines Gaumens, strich sie Haare mehrfach aus der Stirn, fing meine Kopfhaut an zu jucken, suchte sie in ihrem Gedichtband nach der richtigen Seite, fiel mich Panik an.

Es wurde mit jeder Lesung schlimmer. Ich litt mit dem Autor, mit der Autorin. Ich nahm Beruhigungsmittel, Betablocker oder ein, zwei Glas Wein zu mir, je nachdem, was zur Verfügung stand. Und dann passierte es bei einem Poetry Slam, dass ich vom Sessel kippte, weil mich die Angst des Slammers mit Wucht erwischte, als die Zuschauer nicht laut genug für ihn trampelten und pfiffen. Sie stimmten mit den Füßen ab, während ich wegetreten am Boden lag, bis mich ein freundlicher Sanitäter mit einer ordentlichen Dosis Sauerstoff zurück ins Lebens holte. Danach fühlte ich mich glänzend, einfach herrlich. Ich trampelte und pfiff mit, was das Zeug hielt, fiel noch zweimal in Ohnmacht, bekam Sauerstoff und zuletzt eine Gratisheimfahrt im Rettungswagen. Was für ein phantastischer Abend! Das werde ich jetzt öfter machen, mitzittern, bibbern, trampeln und pfeifen bis zum Kollaps, denn **viel Ozon im Blut bringt Euphorie!**

15

Hans-Christoph Rollfinke

Viel Ozon im Blut bringt Euphorie. Das Zimmer war schwach beleuchtet, als ich wieder aufwachte. Warum standen jetzt so viele Leute um mein Bett? Warum half mir keiner? Die mussten doch sehen, dass ich keine Luft bekam. War es das jetzt? Panik stieg in mir hoch. Aber dann löste sich der Krampf oder was das war und ich konnte endlich ich wieder atmen. Das war aber nicht der Aufwachraum, stellte ich fest.

Ich lag alleine in diesen Raum. Um mich rum einige Geräte, die blinkten, eine Klammer an meinem Mittelfinger und ein Sauerstoffschlauch in meiner Nase. Die Leute an meinem Bett murmelten und dann verließen sie mein Zimmer. Nur eine junge Krankenschwester blieb und schrieb etwas an einem kleinen Schreibtisch, der gegenüber von meinem Bett stand. Dann kam sie an mein Bett. Fieber und Blutdruckmessen war jetzt angesagt. Danach blieb ich alleine. Wo war ich? Intensivstation? Warum?

Übelkeit stieg in mir hoch und aus unerklärlichen Gründen schüttelte mich plötzlich ein Weinkrampf. Hatte in meinem Leben bisher nur zwei Mal geweint. Das war beim Tod meiner Mutter und ein Jahr später beim Tod meines Vaters.

Immer wider schüttelte es meinen Körper und Tränen rannen über mein Gesicht. Ach, würde meine Mutter jetzt noch leben, sicherlich, würde sie mich auf ihren Schoß nehmen, fest an sich drücken und mich mit einem Kindervers trösten, so wie damals, als ich Kind war.

Leise kam der Tod in mein Zimmer und setzte sich an mein Bett. Ich konnte ihn nicht sehen, aber ich spürte seinen eisigen und fauligen Atem in meinem Gesicht. Er kam mir vor, wie ein alter Freund. Er würde mich mitnehmen und zu meiner Mutter bringen. Geduldig wartete er noch.

Ich sah noch das Bild vor mir, wie mich der Arzt zwei Tagen nach meiner der ersten Untersuchung noch einmal in seine Praxis rief. An seinem Computerbildschirm zeigte er mir mein Innenleben. Da saß ein schwarzer Fleck an meiner Speiseröhre.

„Das ist bösartig und sollte bald entfernt werden!", erklärte er mir. „Es hat noch nicht gestreut!" Von diesem Tag an kreisten meine Gedanken nur noch um das Thema Krebs.

Viele Untersuchungen ließ ich über mich ergehen, sie legten mir Papiere vor, in denen ich mich einverstanden erklärte, dass man das Geschwür mit einer kleinen Operation entfernen würde. Ich war einverstanden. Es boten sich keine anderen Möglichkeiten an.

„Natürlich kann es sein, dass doch noch mehr gemacht werden muss, dann wäre die letzte Konsequenz ein Magenhochzug!", erklärte mir der Arzt.

„Wissen Sie wir wollen nur alle Möglichkeiten beachten. Aber so wie das aussieht, sind Sie in ein paar Wochen wieder fit!"

Ich nickte und unterschrieb ein weiteres Papier, auf dem ich mich einverstanden erklärte, auch einen Magenhochzug zu genehmigen. Magenhochzug bedeutete, Speiseröhre raus und Magen unterhalb des Kehlkopfes anbringen.

Es wurde ein Magenhochzug und ich lag jetzt hier und mir war es schlecht und meine Stimmung ganz unten.

Bald besuchten mich verschiedene Freunde und Bekannte. Alle bedauerten mich, aber das wollte ich nicht hören. Sie sollten mir von der Welt draußen erzählen.

Ich wusste selbst, dass es mir schlecht ging. Tante Hilde kam am dritten Tag zu mir zu Besuch. Schon wie sie die große Tür aufschob und ich Bulldoggengesicht sehen konnte, wusste ich, dass sie das hier alles missbilligte! Tante Hilde hatte in ihren 65 Jahren schon alle Krankheiten gehabt oder kennengelernt, und schon lange vertraute sie keinem Arzt mehr. Über viele Jahre hatte sie sich ein großes Halbwissen an medizinischen Erkenntnissen angelesen. Jede Frauenzeitschrift durchstöberte sie nach Ratgebern und jede medizinische Sendung im Fernsehen verfolgte sie mit großer Neugier.

Sie gab mir ihre verschwitzte Hand, holte sich einen Stuhl und setzte sich an mein Bett.

„Warum bist du nicht erst zu mir gekommen!", begann sie ihren Vorwurf. Ich wusste, dass sie mir jetzt alle alternativen Heilmethoden aufzählen würde.

„In der Krebsforschung spielt die Ozon-Therapie eine große Rolle!", belehrte sie mich weiter.

„Ozon wird dem vorher abgenommen Eigenblut beigemischt und wieder gespritzt. Das zerstört die Krebszellen nachhaltig!"

Es war genau das, was ich nicht hören wollte. Warum ging sie nicht einfach und ließ mich in Ruhe? Sie kramte in ihrer großen Handtasche nach einem Taschentuch und tupfte sich den Schweiß ab. Ein Schwall nach Alt-Frauen-Parfüm strömte aus ihrer Handtasche.

„Ich glaube ich werde mal mit dem Arzt hier reden und ihn fragen, was er sich dabei gedacht hat."

„Tu das bitte nicht!", flehte ich sie an, „ich bin erwachsen und kann das selbst regeln!"

„Kannst du eben nicht, sonst wärst du nicht hier!" Ihr Tonfall machte mir klar, dass Widerspruch zwecklos war. Dann ging sie raus. Zu meinem schlechten Zustand kam jetzt noch die Scham. Was würden die alle von mir denken? Ich kannte Hilde und ihre gnadenlose Art zu diskutieren.

Am nächsten Morgen war wieder Visite. Der Oberarzt betrat lächelnd mein Zimmer.

„Wie geht es Ihnen heute?", fragte er mich. Statt einer Antwort begann ich wieder zu heulen. Es war mir alles zuviel. Nimm mich doch endlich mit! flehte ich in Gedanken den Tod an, der noch immer auf meiner Bettkante saß. Der Arzt sagte was zu der Schwester und die ging nach draußen.

„Wissen Sie!", begann er, „so eine Ozontherapie ist nicht ohne. Sie kann Krebszellen zerstören. Das stimmt. Aber sie greift auch anderes Gewebe an!" ich hörte ihm nur halb zu, denn in Gedanken begann ich gerade mein Leben abzuschließen. Er legte mir seine feingliedrige Chirurgenhand auf meinen Unterarm. Das strahlte Wärme aus. Dann lachte er.

„Und noch ein Satz zum Ozon: die Dossierung ist sehr schwer rauszufinden. Zu viel Ozon im Blut löst Euphorie aus. Das ist eine Vermutung, die keinesfalls bewiesen ist. Aber es zerstört auch vieles! Glauben Sie mir, es war der beste Weg, den Sie gegangen sind." Noch immer lächelte er, als er seine Hand zurückzog und sich zum Gehen anschickte.

„Sie haben jetzt eine ganz normale Lebenserwartung!", sagte er und verließ mein Zimmer.

Ich dachte lange über diesen Satz nach. Eine normale Lebenserwartung. Alles tun, was ich vorher auch gemacht habe. Musik machen, Bücher lesen, lange Spaziergänge und, ganz wichtig, ich konnte meine Kinder aufwachsen sehen. Es gelang mir ein Lächeln. **Da verabschiedete sich der Tod und kehrte zurück in sein düsteres Reich.**

16

Uta Grabmüller

Da sah der Tod, dass er keine Chance mehr hatte, und kehrte zurück in sein düsteres Reich. Es bestand aus vielen Ländern. Er sah sich dort um. Und er hörte drei klagende Stimmen. Diesen drei Stimmen hörte der Tod genau zu.

Farid, 17 Jahre alt:
Die Bombe durchschlug das Dach. Die Bombe. Bombe. Bombe. Das Dach. Unser Haus. Ich spürte das Zittern der Wände bis ins Erdgeschoss. Wir schliefen alle zusammen in einem Zimmer neben der Haustür. Aus Angst.

Nun war die Bombe da.

Wo ist Mama? Mama! Ich finde sie mit dem Baby unter dem Tisch. Daneben meine drei kleinen Schwestern. Die Augenhöhlen groß und schwarz wie Kohle und voller Entsetzen.

Papa? Papa! Wo ist er? Ich rase die Treppe hinauf. In der Tür zum Dachgeschoss steht Papa. Er starrt ins Leere. Da war nur Rauch und Himmel.

Am nächsten Tag begann unsere Flucht. Wir verließen unsere Stadt. Wir verließen unser Land. Ich war 14 und trug meinen einjährigen Bruder auf der Schulter über viele hundert Kilometer bis nach Europa.

Wir sind jetzt alle hier. Afghanistan ist weit weg. Wir müssen keine Bomben mehr fürchten Jetzt gehe ich hier in die Schule. Ich spiele gerne Fußball. Mein Fußballtrainer sagt, ich bin sehr gut, aber ich soll die Schultern hochziehen, nicht so gebückt gehen.

Ich bin damals nicht zusammengebrochen. Ich konnte nicht zusammenbrechen. Aber etwas in mir ist kaputt gegangen. Etwas, das früher ganz war. Wird es wieder gut?

Asifa, 61 Jahre alt:

Das Leben war schwierig, damals in Damaskus, aber es hatte Gleichmaß. Wir fanden uns zurecht. Ich liebte meine Arbeit als Englischlehrerin. Mein Mann hatte ein kleines Busunternehmen. Unsere Kinder waren erwachsen und verdienten ihr eigenes Geld. Oft waren wir beieinander, halfen uns gegenseitig. Die Familie war ein Sicherheitsnetz, das alle trug. Bis die Säure kam.

Die Säure, die Krieg hieß.

Die Säure, die sich durch das ganze Land fraß.

Die Säure, die alles verätzte. Menschenleben. Häuser. Straßen. Menschenleben. Geschäfte. Verbindungen. Menschenleben.

Eine Familie nach der anderen flüchtete.

Mein älterer Sohn flüchtete.

Eine Tochter flüchtete mit ihren Kindern. Ihr Mann: tot.

Meine jüngste Tochter wollte heiraten und bei ihrem Verlobten bleiben.

Auch der andere Sohn flüchtete. Ich höre nichts mehr von ihm.

Mein Mann und ich gaben alles auf. Mit über 60 verließen wir Syrien. Weit war der Weg nach Deutschland. Hier sind wir sicher. Aber die Säure hat unseren Lebensmut verätzt.

Claudine, 34 Jahre alt:

Seit drei Jahren bin ich mit meinen drei Kindern in Deutschland und weiß noch nicht, ob ich hier bleiben kann. Wir leben in einem großen Flüchtlingsheim.

Den Kindern will ich nie sagen, was ich in meinem afrikanischen Heimatland Schlimmes erlebt habe. Sie gehen jetzt hier in die Schule, die Jüngste in den Kindergarten. Sie sind neugierig auf Deutschland. Meine große Tochter hat im letzten Jahr in der Gruppe Schüler die meisten Bücher aus der Gemeindebücherei geliehen und alle gelesen. 58 Bücher. Sie ist elf. Sie will Lehrerin werden.

Die Kleinen aber sprechen fast nichts. Warum sind sie verstummt? Sie haben ihren Mund und ihre Seele verschlossen. Ich fühle mich schuldig, denn auch ich bin stumm. Seit drei Jahren kann ich mit niemandem reden, denn niemand spricht meine Sprache, niemandem erzähle ich, was war.

Mein früheres Leben versinkt in einer bedrohlichen schwarzen Wolke der Erinnerungen, die mir die Kehle zuschnüren. Was wird aus mir, aus uns? Ich weiß es nicht. Jeden Morgen stehe ich auf und weiß nichts über mein Leben. Das alte Leben ist zerstört. Wer zeigt mir ein neues?

Ich lerne Deutsch. Ich lerne Deutsch, um wieder eine Stimme zu haben. Ich lerne Deutsch, weil meine Seele wieder aufstehen will. Meine Seele kann noch sprechen. **Meine Seele spricht zu mir und sagt: Ich will wieder aufstehen.**

17

Wolfgang Rendl

Meine Seele spricht zu mir und sagt: „Ich will wieder aufstehen.“ Das klang Thomas immer noch in den Ohren nach, so sehr er sich auch dagegen wehrte. Selber schuld gewesen! Was hatte er diesem Pseudoprediger in der Fußgängerzone auch lauschen müssen? Nein, er hatte nach etwas Belustigendem gesucht, einen Feierabendclown sozusagen. Mimik und Rhetorik dieses Typen waren abgedroschen und abgegriffen gewesen, genau wie sein halbwegs schlecht sitzender Anzug und die Krawatte, die in ihrer Sachlichkeit so prickelnd war wie sieben Tage dichte Bewölkung. Bei den Worten des Predigers hatte Thomas schnell abgeschaltet, irgendwas über Religion. Was ging ihn das an? Aber dann wieder jener Satz, der noch nachhallte, warum auch immer. Eine Seele? Pah, lächerlich! Ein Nichts soll sprechen, eine Phantasie, ein Phantom, ein Möchtegern oder was sonst noch. Nein, Thomas´ Weltbild war zementiert und darin gab es eben keinen Platz für solche gegenstandslose Spekulationen. Aufstehen, das konnte er auch ohne Nichtvorhandenes, sogar besser.

Und er begann sich auszumalen, was geschähe, wenn in seiner Abfertigungsstelle beim Zoll jemand daherkäme, der zu ihm sagen würde: „Ich habe nichts bei mir außer meine Seele." Wäre das ein Spaß, diesen Menschen dann warten zu lassen und vor dessen Augen in den Richtlinien nachzuschlagen, was denn die Verzollung einer angeblichen Seele kosten würde. Nun, Thomas würde sich eine recht hohe Gebühr erdenken und dann genüsslich auf den Rückzug seines Gegenüber warten, der dann angesichts der neuen Situation sich bekennen würde, dass er doch keine Seele habe. Ein Gegröle und Gelächter würde einsetzen und jeden auf der Dienststelle hätte es angesteckt! Und der Seelenbesitzer? Entweder hätte er Humor, sich als durchschaut allmählich miteinstimmen oder den schnellsten Rückzug wählen.

Während Thomas langsam von diesen Vorstellungen abließ, bemerkte er, wie jemand ihm gar nicht mal so unauffällig folgte, Ecke um Ecke, jeden Tempowechsel mitvollziehend. Wie ein typischer Weltenbummler sah er aus, von unbestimmbaren Alter. Thomas entschloss sich prompt und stellte diesen Burschen zur Rede, nachdem er sich seines Pfeffersprays in der Jackentaschen vergewissert hatte: „Was wollen Sie von mir? Warum laufen Sie mir nach?" Der andere war völlig gelassen und gar nicht überrascht wegen der Ansprache: „Ich pflege mich immer kurz zu fassen. Ich hätte Interesse an Ihrer Seele und würde einen für Sie einträglichen Handel anbieten." Er ließ erst einmal seine Worte wirken. Thomas hätte von sich gedacht, dass er unter einem misslaunigen oder gönnerhaften Lächeln- das war noch zu entscheiden- schnell abwinken würde, zumal sein Gegenüber kurze grimassenartige Zuckungen über das Gesicht huschen ließ und die schier flammenden Augen eine Nähe zum Wahnsinn vermuten ließen. Aber nun war es der Spieler in ihm, der ihn zu fragen drängte: „Und was wollen Sie mir für meine Seele bieten?" „Zum einen viel Glück bei den Frauen... aber das werden Sie auf andere Faktoren zurückführen wollen, aber zum anderen dies …" Er zog ein dickes Bündel von hochsummigen Geldscheinen aus seiner Jackentasche und wedelte damit unverfroren vor Thomas´ Nase herum. Dieser musste etwas nach Luft ringen: „Wer sind Sie überhaupt?"

„Kein Spielgeld in diesem Spiel!", bekam er zur Anwort. „Morgen zur selben Zeit am selben Ort! Ich weiß stets, wo Sie sich aufhalten."

Schon war der Fremde verschwunden.

Thomas rang nach Fassung und versuchte wieder seinen Pulsschlag zu senken. Alles Einbildung? Nein, er entdeckte eine Visitenkarte in seiner Hand mit der Aufschrift „Kaufe all das, was Sie nicht mehr benötigen!" Ohne Namen, ohne Telefon. Zuhause machte sich Thomas erst einmal einen Kaffee und versuchte einen klaren Kopf zu bekommen. Eine 24 Stunden- Frist war schnell vorüber. Er systematisierte: Möglichkeit 1: alles Schabernack, Möglichkeit 2: das große, leicht verdiente Geld eines Verrückten oder Exzentrikers. Die lang ersehnte Liebe klammerte er jetzt einmal aus, da nicht nachvollziehbare Spekulation. Na ja, vorsichtig war er immer schon gewesen. Warum nicht einen Freund nach dessen Meinung fragen? Sofort fiel ihm der Hubert ein, der ewige Zweifler. Schon seit den gemeinsamen Schulzeiten gab es nichts und niemanden, der nicht die Attacke von Huberts Zweifel geworden wäre, so jedenfalls kam es ihm in seiner Erinnerung vor. Die armen Lehrer! Thomas musste schadenfreudig grinsen. Keine vermeintliche Autorität war vor Hubert sicher. So hatte er sich auch sehr schnell von aller Religion getrennt. Dass er allerdings wie Thomas auch aus der der Kirche ausgetreten worden wäre, das hatte dieser nicht mitbekommen, aber man musste sich schließlich auch nicht alles mitteilen. Wie herrlich hatten sie stets gemeinsam über Gott und die Welt gelästert!

Thomas setzte sich sofort ins Auto und fuhr die 40 Kilometer zu Huberts Haus. Vielleicht einen Monat hatten sie sich schon nicht mehr gesehen. Daheim war er nicht anzufinden. Gut, Thomas war auch erstmals unangemeldet gekommen. Etwas ratlos lief er durch das Dorf. Da, die Kirche, Brutstätte des Aberglaubens. Passte doch gut zur Szenerie des Seeleninteressenten. Ein kurzer Blick würde nicht schaden. Und wen sah er dort drinnen? Den Hubert! Thomas´ Unterkiefer bewegte sich weit nach unten. Und was tat der Hubert noch dazu? Er kniete kurz vor dem Altar und schien wie im Gebet versunken. Thomas eilte zu ihm hin und wurde freudig begrüßt. Kurze, innigliche Umarmung. Dann die Frage: „Hast du jetzt die Fronten gewechselt, Hubert?"

Dieser schmunzelte belustigt: „Aber nein, ich bin ganz der alte Zweifler."

„Aber was machst du dann hier?"

„Ja, weiß ich denn denn, ob ich mit meinen Zweifeln im Recht bin? Wenn nicht, was mach´ ich dann?"

Thomas musste das erst auf sich wirken lassen, und auch diese Worte hallten noch lange in ihm nach. Den merkwürdigen Fremden jedenfalls suchte er nicht mehr auf und hörte auch nichts mehr von ihm. **Er fühlte die um sich greifende Brüchigkeit von Beton.**

18

Barbara Ammer

Er fühlte die um sich greifende Brüchigkeit von Beton.

„Spring!", rief jemand, "lass halt los!"

Er dachte an Griechenland, an den Sonnenuntergang und den Geruch des Meeres. Dann schloss er mit allem ab und dachte nach langer Zeit wieder einmal an Gott. Zwischen seinen Gedanken musste er immer wieder neuen Halt finden. Der Wind wehte so stark, dass er die Rufe von unten nicht hören konnte. Wie war das eigentlich? Wie kam er an diese Stelle, an diesen Mauervorsprung? Warum wurde er gepackt und zum Fenster gezerrt?

„Ihr Verhalten ist antisozial, wir wissen beim besten Willen nicht, wie wir das handhaben sollen."

Diese Worte kamen vom übergeordneten Büroleiter, dessen Aufgabe es war, den ganzen Tag nur zu delegieren.

„So ein Spektakel, sie störten den Betriebsfrieden empfindlich", kam lautstark aus der hintersten Ecke vom Abteilungsleiter, der mit einer Fernbedienung das Fenster öffnete.

„Zieht die Konsequenzen!", schrie ein gewichtiger Datenerfasser im Rentenalter. Dieser war wie die Frau mit den zerzausten Haaren und der klaffenden

Wunde an der rechten Backe auf Freiwilligenbasis angestellt. Obwohl es in diesem Unternehmen für viele kein Geld gab, arbeiteten alle wie verrückt.

„Loslassen! Wir sind da", brüllte ein Feuerwehrmann ins Megaphon.

Gerade hatte er wieder brüchigen Beton in die Tiefe fallen lassen. Sein Leben lag jetzt in Gottes Hand, obwohl er sich nicht sicher war, ob es diesen Freund aller Geschöpfe der Erde überhaupt für ihn gab. War dieser Gott auch sein Freund?

„Wenn es ihn gibt und er keine Ausnahmen macht, dann verlasse ich mich jetzt auf ihn", überlegte er noch kurz bevor er das Bewusstsein verlor. Das Fallen war dringend nötig. Aus der ausweglosen Situation war ein Zurückfallen in die Gesellschaft die einzige Möglichkeit zu überleben. Das konnte aber auch schief laufen, wie so vieles bei unseren eingeschränkten Möglichkeiten und widrigen Umständen, denen wir ausgesetzt sind.

Dumpfe Geräusche drangen an sein Ohr. Dann bekam er nicht mehr mit, was mit ihm geschah. Eine Menschenmenge, die vorher geklatscht hatte, löste sich langsam auf. Es kehrte wieder Ruhe ein. Auch das einzige offene Fenster des riesigen Gebäudes wurde längst wieder geschlossen. Er lag in einem Aufwachraum.

„Wer sind Sie?", fragte eine junge Frau.

Das Sprechen fiel ihm schwer. Noch schwieriger war es, seine Gedanken zu sortieren. „Mir fehlt einiges", dachte er.

Wo war er? Was ist geschehen? Als er sich gerade in seinen Gedanken auf einen Neustart seiner beruflichen und privaten Verhältnisse vobereitete, öffnete sich plötzlich die Tür. Eine zierliche, weibliche Person betrat das Zimmer.

„Steh auf, nimm dein Bett und geh!", befahl sie in einem Ton, der ihn sofort an seinen Wehrdienst erinnerte. Den Satz kannte er, aber diese Stimme irritierte. Er war sprachlos, als er von draußen Hundegebell hörte. Als er sich aufrichtete, verstummte es.

Die Frau ergriff seine Hand und zog daran. „Komm mit, sonst muss ich meinen Chef fragen, wie wir das jetzt handhaben", riet sie ihm in einem verärgerten Ton.

„Seltsam", dachte er. Das Beruhigende nach dem Satz aus der Heiligen Schrift war plötzlich wieder weg. Es blieb ihm keine Alternative, er musste mit, den langen Gang entlang und dann mit dem Aufzug ins Parkhaus. Eskortiert von zwei Einsatzfahrzeugen ging es zum Clearing-Hauptgebäude. Der zuständige Niederstrecker wartete schon auf ihn.

„Rasch einchecken, bitte. Sonst stören wir die Abläufe", erklärte dieser ungeschickt wirkende Mann ruhig und mit viel Stirnrunzeln.

Das Einchecken ging schnell, da bereits alles vorbereitet war. Der Drucker musste nur noch den Identifizierungs-Strichcode ein zweites Mal ausspucken. „Das wärs dann, viel Spaß damit", wünschte ihm die Dame bei der Anmeldung lächelnd und zeigte auch das typische Stirnrunzeln dieser eingeschworenen

Gesellschaft der Besserwisser. Er wünschte sich, wie schon seit den ersten Kontakten mit diesen Leuten, ein Ende herbei. Ganz egal, wie das Ende aussehen würde. Sogar sein Tod war plötzlich für ihn akzeptabel. Da stand auch schon der Spruch „Der Tod ist ein Meister aus Deutschland" in allen gängigen Sprachen im Treppenhaus als Willkommensgruß. Zur Corpotate Identity passend, wirkte der Spruch in diesem Gebäude nicht befremdend. War er nun plötzlich in Deutschland? Man sprach mit ihm schon seit Jahren in deutscher Sprache. Ansonsten war meistens ein American English zu hören, das sonst nirgendwo gesprochen wird. Viele Floskeln der Geborgenheit füllten die Reden der Führungskräfte vor versammelter Mannschaft. Bei Mitarbeitergesprächen störte ihn vor allem immer der schnelle Wechsel vom Einlullenden zum Bedrohenden. Blitzschnell konnte aus einer Mickey Mouse ein Monster werden. Das empfand er hier am ungemütlichsten, wenn er es mit seinen eigenen Worten ausdrücken dürfte. Es gab keinen Platz für ruhige und kreative Leute. Damit konnte er sich nie arrangieren. Als bemerkt wurde, dass er auf seinen Rauswurf hinarbeitete, wurden mit ihm täglich mehrere Gespräche geführt, die ihn einschüchtern sollten. Im Zentrum dieser Gespräche stand stets seine Persönlichkeit, nie die Qualität seiner Arbeit. Seine Kollegen konnten sich gut in das System einfügen, ihm gelang das nicht. Die Kollegen redeten deshalb auf ihn ein. „Wir hätten es viel leichter, wenn du dich auch einfügen würdest", sagten sie.

Nach jedem Versuch musste er feststellen, dass es für ihn eine Unmöglichkeit darstellte, seine Person als Ganzes diesem System zur Verfügung zu stellen. Er erwartete schon seit langem seinen Zusammenbruch. Dass die meisten Menschen um ihn herum ihren Zusammenbruch schon absolviert hatten, bemerkte er nicht. Er sollte es endlich erkennen: **Den entmenschlichenden Neustart hatte sein gesamtes Umfeld bereits hinter sich.**

19

Reinhold Schneider

Den entmenschlichenden Neustart hatte sein gesamtes Umfeld bereits hinter sich. Zumindest schien es für Richard und seine Freunde Bob und Daniel so zu sein. Sein Umfeld war der Londoner Finanzdistrikt und die First City Bank. Sie hatten gute Jobs bei der FCB und waren ein gutes Team.

Daniel hatte in Harvard Finanzwissenschaften studiert, war unter den zehn besten Absolventen seines Jahrgangs, und war direkt nach dem Examen zur FCB gegangen.

Bob war in Dublin aufgewachsen und der typische Draufgänger. Er war schon zwei Jahre vor ihnen zur FCB gekommen und hatte im Investmentbanking gearbeitet. Da es ihm dort zu langweilig war, hatte er sich zu ihnen, in die Abteilung Derivate und Futures beworben.

Er, Richard, war eher der ruhige Typ, kam aus den schottischen Highlands, wo sein Vater eine Schafzucht betrieb, hatte in Edinburgh Mathematik studiert, und gehörte ebenso wie Daniel, zu den zehn Besten seines Jahrgangs.

Der Absturz kam über Nacht und war heftig. Wie hatte es so weit kommen können ?

Monatelang tüftelten die drei bis spät in die Nacht an neuen, raffinierten Finanzprodukten, die Richard, mit dem Finanzmarktwissen von Daniel, der Bankerfahrung von Bob, sowie seinen eigenen mathematischen Kenntnissen, in an der Börse handelbare Zertifikate verwandelte. Ihre Zertifikate verkauften sich von Anfang an am Markt wie geschnittenes Brot. Bob und Daniel vertrieben sie an befreundete Banken, Geschäftspartner und Premiumkunden. Aber sie handelten auch selbst an der Börse, so wie viele andere in den benachbarten Abteilungen dies auch taten.

In ihrem ersten Jahr machten sie von ihrer Erfolgsbeteiligung einen einwöchigen Urlaub in Blackpool. Was sie von ihrem Geldsegen mit Kaviar und schottischen Whisky nicht durchbrachten, verspielten sie mit Begeisterung im Casino. Der Adrenalinpegel sollte schließlich auch im Urlaub nicht zu tief sinken.

Im zweiten Jahr war die Erfolgsbeteiligung bereits so üppig, dass sich jeder von ihnen einen flotten Sportwagen leistete, und im dritten Jahr investierte jeder von ihnen seinen Jahresbonus als Anzahlung für eine schicke Penthaus Wohnung inmitten des teuren Finanzdistrikts. Sie wollten ihre kostbare Arbeitszeit ja nicht im Berufsverkehr vertrödeln. Zeit ist schießlich Geld.

Sie waren wie im Rausch. Je erfolgreicher ihre Produkte wurden, umso mehr legten sie sich ins Zeug. Da auch die Gewinne der Bank stiegen, und in Folge dessen auch die Vergütung des Vorstands, ließ man die jungen Wilden gewähren und nahm es mit der Kontrolle nicht so genau.

So kam es wie es kommen musste. Sie hatten sich alle verzockt. Im fünften Jahr überstiegen die Verluste der Bank die Höhe des Eigenkapitals und die Bank war pleite. Alle Angestellten, bis auf ein kleines Rumpfteam, wurden entlassen.

Da sich die drei nicht vorstellen konnten, dass sich ihr Leben jemals ändern würde, hatten sie auch nichts zurückgelegt. So konnten sie die Tilgungsraten für ihre Immobilien nicht mehr bedienen und ihre schönen Penthäuser wurden versteigert.

Sie wohnten jetzt zur Untermiete. Und auch nicht mehr in der City, sondern weiter draußen. Ab einer Stunde Bahnfahrt sanken nämlich die Mieten deutlich. Sie lebten jetzt von dem was sich noch auf ihren Girokonten befand, und hatten dabei reichlich Zeit sich auf ihre anderen Stärken zu besinnen.

Daniel war schon zu Uni Zeiten ein begnadeter Selbstdarsteller und auch manche Professoren hingen einst an seinen Lippen. Außerdem liebte er schon damals schicke Autos. So wundert es nicht, dass er relativ schnell einen Job als Verkäufer bei einem der größeren Sportwagenhändler in der Gegend bekam.

Bob war schon zu Jugendzeiten für sein Leben gern mit seinen Brüdern auf den Dächern von Dublin herumgeklettert. So nutzte er jetzt die ungewohnte Freizeit zum Klettern in der Halle. Dabei lernte er einen Mitarbeiter der Firma Sport-Events International kennen. Dieser verschaffte ihm alsbald einen Job in seiner Firma als Sport Event Guide, und so konnte Bob weltweit seine Kletterleidenschaft ausleben und wurde auch noch relativ gut dafür bezahlt.

Da die drei Freunde nicht gewöhnt waren, Abends auf der Couch zu sitzen, da sie zu dieser Zeit normalerweise noch vor ihren Bildschirmen saßen und die Börsenkurse in anderen Zeitzonen studierten, verbrachten sie auch in ihrer neuen Lebensphase ihre Abende nicht im trauten Heim, sondern in den diversen Clubs der Stadt. Am liebsten saßen sie ab Mitternacht, da es ab 24 Uhr keinen Eintritt mehr kostete, im St James Jazz Club und ließen sich von billigem Whisky, aber wunderbarer Musik aus ihrem ungewohnten neuen Alltag entführen.

Da Richard bereits am Collage in der Schulbigband Klavier gespielt hatte, und von Jazzmusik schon früh begeistert war, fragte er manchmal zu später Stunde, wenn nur noch wenige Gäste im Club waren, ob er denn bei der einen oder anderen Nummer mitspielen könnte.

Schnell sprach sich sein Talent herum, und so kam es, dass er bei diversen Bands, die mit wechselnden Musikern auftraten, ein gefragter Sideman wurde, und sich so auch für ihn eine neue Einkommensquelle erschloss.

Je mehr er spielte, umso mehr spürte er wie gut er sich dabei fühlte. Am meisten liebte er Balladen. Seine Improvisationen klangen nach den Weiten seiner schottischen Highlands, mit den sanften Hügeln, die in den warmen Sommertagen, mit üppigem Grün bewachsen, nicht enden wollend, dem Horizont entgegenstrebten. Seine romantische Art zu spielen war beliebt, was auch dem Label „Jazz Unlimited" nicht verborgen blieb, und so nimmt es nicht Wunder, dass er bald seine erste CD einspielte, die , mit dem Titel Highland Walks, bis in die britischen Jazz Charts vorrückte.

Die Jahre vergingen, und jeder der drei hatte sich auf seine Weise sein neues Leben eingerichtet.

Daniel war es gelungen nicht nur den Chef des Autohauses von seinen Qualitäten zu überzeugen, sondern auch seine hübsche Tochter, was ihm schließlich die Teilhaberschaft am Autohaus einbrachte.

Bobs Event Agentur hatte den Trend zum Hallenklettern rechtzeitig erkannt, so wie ihr auch Bobs Können und seine ersten Kletterpreise nicht verborgen blieben, hatte expandiert, und ihm die Leitung der Abteilung Klettern übertragen.

Richard hatte sich, noch bevor er seine erste CD herausbrachte, an der regionalen Musikhochschule für ein Kompositionsstudium eingeschrieben. Mit der gleichen Leidenschaft, mit der er früher bei der FCB komplexe Finanzinstrumente konstruierte, strickte er jetzt raffinierte Jazz-Kompositionen für sich und andere Bands in der Stadt, und machte sich auf diese Weise einen Namen in der Szene.

Neben den regelmäßigen Treffen in den Musikclubs der Stadt, trafen sie sich einmal im Jahr, am Jahrestag ihrer Entlassung, zu einem Revival im St James Club. Der Tag des Zusammenbruchs jährte sich zum dritten mal, und sie saßen wieder an ihrem Stammtisch im St James Club und nippten zufrieden an ihren Gläsern. Sie fühlten sich zwar immer gut wenn sie zusammen hier saßen, aber es gab noch ein paar andere Gründe, die zu ihrem Wohlgefühl beitrugen. Mit der Verbesserung ihrer finanziellen Situation konnten sie es sich seit einiger Zeit leisten, auf der Getränkekarte in die exklusiveren Regionen vorzustoßen. Sie bestellten jetzt nicht mehr die Hausmarke, sondern eine Flasche Single Malt für 198 Pfund, und waren auch beim Trinkgeld nicht knausrig, was ihnen nicht nur das Wohlwollen, sondern auch den Respekt des Personals einbrachte. So drehten sich ihre Gespräche auch zunehmend weniger um ihre genialen Börsendeals und die anschließenden Partys in den vornehmen Bars der City of London, in denen der Abend in der Regel mit Champagner für 500 Pfund die Flasche eröffnet wurde. Sie mieden auch die City seit einiger Zeit. Nicht dass sie das bewusst getan hätten. Nein, sie hatten einfach nicht mehr das Bedürfnis nach ihrem alten Leben, in dem Geld ihre einzige Antriebskraft war. Sie waren sich vielmehr einig, dass sie ihre wahre Bestimmung gefunden hatten, und dass sie sich noch viele Jahre regelmäßig in ihrem Club treffen würden.

Darauf stießen sie an und lauschten andächtig der Musik die von der Bühne zu ihrem Tisch herüberdrang. Die Band spielte gerade eine Cover Version des Stückes Heroes von Richards letzter CD. Es lag etwas von Aufbruchsstimmung in der Melodie. Dies schienen auch die anderen Gäste zu spüren, denn sie applaudierten intensiv.

Ja, sie waren wieder oben angekommen. **Und so stießen sie noch ein letztes mal auf diesen schönen Abend an, bevor sie den Heimweg antraten und zufrieden in die Londoner Vorstadtnacht hinausgingen.**

Danksagung

Viele Menschen waren nötig, um das Projekt „Trotz. Kollaps. Schreiben." zu realisieren. Insgesamt hat sich etwa die Hälfte aller Vereinsmitglieder aktiv in unterschiedlicher Weise eingebracht. Einige dieser Personen möchte ich an dieser Stelle besonders erwähnen.

Ein besonderes Dankeschön geht an:

- Monika Klinkenberg-Weigel, die Ideengeberin für das Thema „Kollaps" und Verbindungsperson zum Traunsteiner Kunstverein. Sie hat die beiden Kulturtechniken Bildnerisches Gestalten und Literatur zusammengeführt, indem sie die Geschichten zum Thema „Kollaps" durch Mitglieder des Traunsteiner Kulturvereins hat gestalten lassen. Auch hat sie das Projekt nach der Erkrankung von Reinhard Hauswirth zielstrebig weiter aktiv gefördert.

- Monika Klinkenberg-Weigel, Reinhard Hauswirth und Wolfgang Rendl für das Korrekturlesen der Texte.

- Robert Gapp für die gemeinsame Moderation mit mir in Traunstein und Trostberg. Martin Trautwein und Gudrun Bielenski für die Moderation in Grassau.

- Peter und Inge Witt für die Gestaltung der Plakate und die Unterstützung bei der Öffentlichkeitsarbeit.

- Uta Grabmüller für die Unterstützung der Pressearbeit und der Organisation der Veranstaltungen.

Weiterhin bedanken wir uns bei:

- Allen Mitgliedern, die an den Arbeitskreisen, die zwischen März und Juli 2018 stattgefunden haben, konstruktiv teilgenommen und ihre Zeit für die Vereinsarbeit geschenkt haben.

- Hans-Peter Weigel für die Erstellung der Präsentationen für die Abendveranstaltungen.

- Den Künstlerinnen Monika Stein, Gudrun Kaiser, Magdalena Reupold, Hans Krammer, Claudiha Gayatri Matussek, Willee Regensburger und Monika Klinkenberg-Weigel für die Illustrationen.

- Dem Bildhauer Valentin Diem für die Ausstellung seiner Skulpturen.

- Der Band „Status Seeker", dem „Almaton"-Duo und dem Pianisten Günter Harras.

- Christian Hußmann und Anton Bernauer vom Landratsamt, den Organisatoren der Chiemgauer Kulturtage, die es jedes Jahr wieder schaffen, Künstlerinnen und Künstler zusammen zu bringen und Veranstaltungen finanziell zu fördern.

- Der Familie Fuchs vom Studio 16 in Traunstein, die stets die Türen für unsere Veranstaltungen öffnet.

- Vickie Beck, der Inhaberin des Cafés „Vickie's Chat & Chill" in Trostberg für die Möglichkeit in diesem bezaubernden Ambiente eine Veranstaltung durchzuführen.

- Der Gemeinde Grassau für die zur Verfügungstellung der Räumlichkeiten in Grassau.

- Der Traunsteiner Sparkasse, die durch ein Sponsoring den Druck unserer Plakate und Handzettel ermöglicht hat.

- Christine Heimannsberg für die Erstellung dieser Druckdatei und Martin Trautwein für die Unterstützung bei der graphischen Gestaltung.

- Annemarie Singer für die Gestaltung des Buchcovers.

Im Namen des Vorstands „Chiemgau-Autoren e.V.",
Meike K.-Fehrmann